七〇歳からの俳句と鑑賞

聖木《すずき》 翔人《しょうじん》

本の泉社

まえがき

私が俳句を始めたのが七〇歳。それまで俳句などつくったこともなかった。二〇一二年年末のある日突然、中学・高校同期生のかわにし雄策くんから、何十年ぶりかの電話で「俳句、やってみませんか」と誘われたのが最初だった。

その頃、六〇歳を過ぎてから、気になりながら読んでいなかった本を、暇にまかせて読むだけの生活だった。生活と交遊の範囲も狭く、さて、あといのち果てるまでは、こうして独居老人の無為な日常がつづくのだろうと考えていたから、ちと乗り気になった。立派な俳人である雄策くんからは友情あふれる激励と鞭撻をうけた。ありがたかった。少し決意が固まり、二〇一三年の春から俳句集団「白《はく》」の「湯島」「浜風」二つの句会に出るようになった。

若い人もいたが、平均年齢はすでにかなりの高齢ではなかったか。みんな二〇年、三〇年の句歴を持っている。私は老齢の新人だったわけだ。

はじめは恐れ知らずだったが、小心者の私は、句会に出る度に「採点を待つ生徒」の気分になって、やがて「評判」や「点数」が気になって、委縮して自由気ままに詠めなくなってきた。

句会とは諸刃の剣である。たしかに「ひとりよがりになってはいないか」「共感をえるために何が欠けているか」教えられるが、同時に「共感」「点数」をとるための「巧み」にはまり込む。自らの真情を離れて、「うまいこと、人気のでること」を考えるようになる。ここで初心者は惑乱、混迷する。

私は、当時、ともかくなんにもとらわれず、感じたところを自由に十七文字にしてメモに書き付けていた。「俳句は一つの事しか言えない」と思って、思うところをそのまま十七文字にしていた。が、「一句自立」が必要と思われ、あれこれ言葉を「重ね」「いじる」ようになった。単純平明「一筆書き」「外連味のない」自分の俳句ではなくなっていくことがわかった。句会には「点数」をとれそうなものをと考えたが、迷走はつづき、時は無情に過ぎた。

やがて二〇二〇年からのコロナ禍、句会に出ることもなくなって、やはりというべきか、ますます「自得」の句は出来ない。

そうして見渡すと、どうも私には、いわゆる「現代俳句」なるものが、私の感覚から言えば「ひねこびている」ような気がしてならなかった。

そこで私はもう一度初心に還ろうと考えた。俳句をやり始めてから読んだ本はかなりの数になる。それでも俳句の世界の片鱗にしか触れていないだろう。しかしともかく七〇歳からの俳句作品と鑑賞文などを、暇にまかせて整理することにした。その上に、何がどのように可能なのかを、改めて考えてみようと思った。その一応のまとめがこの本である。

だからもう八〇歳に近いからといって遺稿集のつもりはない。

もう少し、生きているうちは俳句を生きがいにしてみたいとは考えている。ひとさまに見せるのは、正直お恥ずかしいのだが、恥ずかしいという歳でもない。恥はありあまるほどかいてきたから、どうということはない。自分を誤魔化したり、不正直であることの方が辛く、苦しい。

内容は、「俳句」と「鑑賞」に大別してみることにした。

「俳句」は、句会にだしたもの、自分で書きためておいたものを中心に五四五句を載せた。読みやすくするために十二章に分けたがあまり意味はない。

「鑑賞」は、この間どこかに発表したものと、すでに書いてあったが今回はじめて発表するもの、書き下ろしたものがある。いずれも幼稚で、半端な印象はまぬかれないが、一貫した私の観点や角度は分かる。「俳句」も「鑑賞」も、これはまるで素人のものだから、もし専門俳人が見たら「なんじゃこれは」とあきれるにちがいない。

俳句愛好者の何人かが読んでくれればよいと思っている。俳句に関わりなくとも、何かの機会があって、本書をお読みになった方へ、本書への忌憚のないご批判、ご意見は喜んで拝聴したいと思っていますのでよろしくお願いしたい。

付録として本文と直接の関係はないが、いくつかの文章を最後に入れた。私が書き、私に関係するものだから、何かの参考にはなると思っている。

ともかくこれはごく少部数の本で、なによりも私自身の記憶のための本である。同時に、この本を読んだ読者が、何か、気持ちのどこかでホッとしてくれれば、またその感性へひとつでも良い刺激となってくれれば、これに過ぎる喜びはない。

翔人

七〇歳からの俳句と鑑賞〈目次〉

まえがき　3

序

俳句の「写生」について　14

俳句

二〇一三年からの俳句　19

冬を呑む鯉　22
蛤《はまぐり》の口　31
春闘旗《しゅんとうき》　40
草いきれ　49

目次

寒鮒釣り 59
鮭帰る 69
福島の桃 78
木瓜《ぼけ》繚乱《りょうらん》 91
夏座敷 102
千年のちちろ《こおろぎ》 112
極秘版 122
年越し 132

鑑賞

一

「おくのほそ道」尾花沢考 142
白月集抄（「白」二九九号） 149
白日・白月集抄（「白」三〇一号） 156
白日・白月集抄（「白」三〇二号） 163
初心者の鑑賞——二〇一五年八月のメモ 170
飛雲さん追悼「飛天、宙を舞えよ」 176

俳句・さよならの合図――有村飛雲の二四句　178
一茶そして千曲山人　185

二

『現代俳句集成』を読む　189
季語「夏草」のこと――「夏草や兵どもが夢の跡」　211
春の季語のことなど　216
瀬戸内海の釣り　221
地元の句碑・長谷川かな女　223
印象深い句――「一月の川一月の谷の中」など　225
「浜風」の三句　229

三

「白」三〇〇号記念号へ寄せて　私の一句　231
認知症と俳句　232
俳句の詠み手と読み手　233
日野秀逸教授から　235
自作を語ること　237
「現代俳句」について――長谷川櫂の問題　242

「第二芸術」論と桑原武夫の回想　245
和歌（短歌）を読む――西行、一休、橘曙覧、土岐善麿、釋超空（折口信夫）、窪田空穂　253
窪田空穂《くぼたうつぼ》を読む　259
系譜の一断面――私の場合　261

付録

〈投稿〉人類史の転換点に「歴史」の目を　266
エンゲルス『イギリスにおける労働者階級の状態』を読む　267
〈書評〉鈴木謙次著『メールで交わした三・一一――言葉は記憶になって明日へ――』（日野秀逸）　269

あとがき　273

序

俳句の「写生」について

先日、スポーツジムでたまたま知り合った毛深い、質朴な七〇歳前後の人と話す機会があった。その人は一時期、宇都宮の俳句結社に属して通信句会やたまに出かけて俳句をかじったことがあるという話になった。「私も、ぼちぼちひまつぶしに俳句をやっているんだよ」と話したら「そうですか、やっぱり、写生ですか、花鳥諷詠、ホトトギスというやつですかね。すると吟行なんかも行くんですか」と問いかけてきた。その先は言葉を濁したがハタと思い当たることがあった。

つまり俳句における「写生」とはすなわち「花鳥諷詠」、すなわち「ホトトギス派」というのが、俳句をやったことのある人にとっても牢固たる常識となっているようなのだ。

子規が三四歳で亡くなってもう一二〇年になるが、「俳句」の語をうみ、俳句の大改革をやった子規が一貫して主張したのが「俳句における写生の意味と意義」というものだった。

そして子規はくりかえし丁寧に「俳句の写生」とはどういうことかと説き続けた。

その要点は、絵画の写生が、単に眼前にあるものをありのままに描く、いわゆるリアリズムをいうのではなく、「事実でも、合理的でもない」想像のうちにある「神や妖怪やあられもないことをおもしろく描いている」のと同じように、俳句はあらゆる言葉を使って十七文字の定型のキャンバスに表現するものなんだ、「写生すなわち事実ありのままを書くと考えるのは大誤解というものである」と喝破したのであった。

そういうものとして、俳句における「写生」を見出したことこそ子規の独創であった。つまり、子規が俳句に関して「写生的」「絵画的」というのはすべてが「言葉」に関わってくる。俳句に使う言葉は「雅語、俗語、洋語、漢語」など必要次第どんどん使えという。「和歌の腐敗」の要因は、和歌で使う言葉があまりにも少なく、貧困なところにあるのだとも言う。

柄谷行人が、この流れを踏まえて、次のように漱石に言及しているのは重要である。

「要するに、『写生』という観念よりも大切なのは、言葉であり、言葉の多様性であり、その差異化である。この意味で、俳句はもともと写生的だと言えるだろう。それは、たんに庶民文学だったのではなく、その用語において『平民主義』的だったからだ。そこには、滑稽さをふくめて、固定した文語への反抗があった。したがって、『写生』という言葉で語られているのは、言語の多様性の解放なのであり、『写生文』の本質も実はそこにある。それを自覚していたのは（子規の盟友）漱石だけである。たとえば『吾輩は猫である』には、当時の東京に存在した多様な表現形式が用いられており、それは高浜虚子や長塚節の平板な写生文とは決定的に違っている」（柄谷行人『増補漱石論集成』）

『吾輩は猫である』は漱石の処女小説である。一九〇五年（明治三八年）、漱石が所属していた俳句雑誌『ホトトギス』に発表され大好評。『ホトトギス』は売り上げを大きく伸ばし、一俳句誌にとどまらない有力な文芸雑誌となる記念碑的な作品となった。そう言われていま読むと、俳人・漱石の面目躍如の感があらためてする。

つまり、子規の言う「写生」の意義は、漱石の『吾輩は猫である』を思い起こせばよく理解できるということなのである。

子規の初心に、いまなお立ち返ることが大切だなと思ったものであった。

参考　柄谷行人『増補漱石論集成』（平凡社ライブラリー・二〇〇一年）

俳句

「俳句をものせんと思わば思うままをものすべし。巧をもとむるなかれ。拙を覆うことなかれ。他人に恥ずかしがるなかれ」

（正岡子規『俳諧大要』の「第五・修学第一期」）

二〇一三年からの俳句

以下に掲載するのは私が七〇歳で俳句を始めた二〇一三年から今日までに、句会に出したもの、メモ風に気ままに書いていたものから選んだ句である。あえてこんな他人に見せるには恥ずかしいものを載せるのは（恥ずかしいのは一年目のものだけではない。その後八年たっても私の俳句はちっとも成長していないと本心から思っている）、ひとえにこの本が、私自身の記録、記憶のためにだけ作られたものだからである。

何でも出発点にその後があると言われるように、私の場合もまた全く低いレベルの話だが、それから続く俳句の、ことに感覚の原点がここにあると思われる。何を見ているか、見ようとしているか、何を言いたいのか、言おうとしているかが、分かる。私の目に映り感覚に反応する一切の世界を見たい、十七文字でどこまで何が言えるのかを試してみたい。

「花鳥諷詠」と、それに対抗してあれこれ俳句の流派、潮流の名称が付けられたが（いわく「人間探求派」「社会性俳句」「根源俳句」などなど）、それは私などから見れば、言うことに事欠いて、よくぞ奇妙な「区分」をつけるものだと呆れ返るばかりである。人間と自然の、それこそ森羅万象が「俳句」の対象になるのは当たり前である。そこにこそ和歌とは違う俳諧の発生と歴史があったのではあるまいか。

自然と向き合い、共鳴と驚きとそのはかりしれない深さを感じることと同じように、人間を探求しない俳句があるか、社会、政治と向き合ってなにごとか痛切に感じない人間がいるか、あるいはどんなひとも境涯を回顧し、おのれの根源を見たく極めたいと考えているのである。一切が俳句である。「舞台」が自然であろうと政治・社会であろうと私はまずなによりもそれを感覚として見ているのであり、どんなに表現は稚拙であろうと、それを十七文字の言葉にすること、それが俳句であるし、元来俳諧・俳句の歴史とは、こうして作られ積み上げられてきたものに違いない。だから、俳諧・俳句は自由で寛容で自在なのである。川柳との線は実に細い一線であると、私は川柳作家・鶴彬《つるあきら》を思いながら、考えている。

そうして、そのゆえにこそ俳句を始め、いまもほそぼそとでも続けているのである。

私にとって俳句とは「時代の肉声、自分の真情」を詠むものだったから、こうして俳句を作り始めてみると、たかが十七文字でも、その表現のなかに、ずいぶんと私の個性というか、私という人間がどんなレベルの人間であるのかが、透けて見えてくるように思ったものだった。言葉にすれば隠しようがない自分の浅はかさの底知れなさを痛感もした。しかしまた、この歳になって、もはやどうにも誤魔化しようがない私という人間を、はっきりと自覚できたことは、得難いことであった。そのために俳句は人生の最晩年にもっともふさわしい文芸の形式だろうとも確信できた。

私がどういう人間としていかに生きてきたのか、現在を見つつ過去を振り返って、頭に浮かぶことを十七文字にしてみればよい。俳句の面倒な決まり事をしらなくてもよい。川柳の感覚で表現してみればよい。そのとき必ずそこに自分が見えてくる。

ここにある一句一句は幼稚、単純、平明な言葉であり内容だが、その句の背景をひとつひとつ説明すれば、それこそ際限なく長い物語となる。つまり、過去の、あるいはいまの、記憶や印象の一つでも俳句にすればその物語の片鱗が現れる。そこと向き合いながら、生涯を終えて行けばよい。やがて遺影のように辞世の俳句が生まれるだろう。

ところで私の俳句はふつう句集がやるように一ページに二～三句では、句が軽すぎて、句が恥ずかしがって、その重みにとても耐えられない。そこで二〇一三年以降の、いま読んでも自分にもよく分かる俳句を五四五句、軒並み、並べて書いておくことにする。一応、章に分けているが、数が多いから読み流してもらえればよい。

とりあえず、読んでもらえれば、長々とした散文よりも、私という人間が、あなたにも一つの表情をもった人間として、わかってくるはずだ。散文とはちがって、俳句はわずか十七文字で言いきることのあと味のさわやかさが、わたしにとって俳句の最大の魅力なのである。

だが、それがどうしたことでもない。ただそれだけのことだ。そしてすべての人間の存在と生涯とは、それがどうした、ただそれだけのことだというものである他はない。

私の俳句を、俳句に無縁の人に声を出して読んでもらった。その人が読み間違え、読めなかった語句にルビをふった。それは私が書いたままに音読してもらいたいからである。一字でも間違うと、作者の意図とちがってくる。私は十七文字でもきちんとそのとおりに読んでもらいたい。もっと平仮名を多用すれば良かろうが、それはまた別の問題になる。したがって、句にルビを可能な限り打つようにした。煩わしいが、読めなくては味わうこともできないし、そもそもなんのことやら分からない。俳句は詩《うた》であり、歌《うた》でもあるから、声に出して読みやすく、読んで心地よいものでなければならないと思っている。

冬を呑む鯉

冬を呑む鯉の大口がらんどう

シュート蹴《け》る少女の足が春を呼ぶ

遠慮がち打つ鐘のあり梅蕾

モナリザと差しで飲みたや寒椿

黒鴨のすれ違いざまの異邦人

糸絡《から》む鳩の片足冬木立

独《ひと》り寝《ね》に流星《りゅうせい》一つも飛んでこい

いつとはなく出不精《でぶしょう》になり皺マフラー

抱卵《ほうらん》の小鮒《こぶな》豊漁《ほうりょう》野の宴《うたげ》

琉金が天女に化身《けしん》する小春

田芹《たぜり》つむ無数の白き根は無頼《ぶらい》

破れ凧《たこ》花咲くまでの花と揺れ

莫高窟《ばっこうくつ》うらら飛天《ひてん》に菩薩笑み

鮠《はや》走り弓なりの糸空凍る

ヒマラヤ杉寒蒼天《かんそうてん》の男つぷり

孵化《ふか》蛇《へび》に頰ずりをする乙女かな

載天《たいてん》という句集読みけり冬銀河

振り向けば三つ子の魂オブローモフ

冬大樹裸身《らしん》つややか輝けり

冬鏡能面翁《おきな》こちら見る

霰日《あられび》は中途半端に肩がこる

過ぎたるといえぬ恥あり寒の星

花魁《おいらん》に追いかけられる春の夢

腰痛など無縁とばかり土筆《つくし》生え

キュビスムがしやらりハイヒール春の朝

朝市で狙いどおりにトマト買う

歳時記の四季をそろえて古希の春

湖《うみ》たたき陽《ひ》をうち鴨《かも》は宇宙ゆき

色提灯《いろちょうちん》幼な目白《めじろ》の香の移ろい

冬日射しどつこい寝床のもぬけ殻

春の雲母一三回忌の髪《かみ》の結《ゆい》

木の芽摘み家族総出の赤城山

公園に春蘭一輪夢幻泡影《むげんほうよう》

よもぎ芽をいたわり摘みぬ夕峠

墓域《ぼいき》芽吹き骨片《こっぺん》ひそかに動く

スギ花粉苦界《くがい》序曲のファンファーレ

春うらら塵もつもれば人間となる

春の夜子うさぎ食いし犬が吠え

愚かなる春ひややかに迎えおり
演説せり欅《けやき》若葉がうなずきぬ
純白の意志のめざめて辛夷《こぶし》咲く
両手もて抱きかかえたき春の月
人間のまんなかに燃える緋《ひ》の牡丹

蛤《はまぐり》の口

蛤《はまぐり》の口ぽつかりと太平洋

いつさいの断定こばむ春霞

あらぶれる心しずめる桜かな

春の雨修羅《しゅら》ありありと老いの松

老後をばいかに過ごすや残り鴨

己《おの》が身の下品《げぼん》をおもう蓮華草

老いるとははなやぐことと知りにけり

山刀伐峠《なたぎりとうげ》残雪けわしき芭蕉道

芭蕉七夜ねまれる寺の黄水仙

山坂道独活《うど》三兄弟のたて並び

残雪に巫女《みこ》座るごと落椿

検査済みたどたどしき直筆新米着く

からたちの垣根越えたく越えがたく

小菊一輪いちるの希望活けるごと

つむじ風渓《たに》の山吹胸騒ぎ

竹の子が地蔵となれる薬師堂

はぐれ猿屋根駆け抜ける春の月

初鰹しばらく腹を泳ぎけり

金色《こんじき》の黒き幽玄《ゆうげん》春の鯉

山吹よさびしい武士をなぐさめよ

山吹と連れ立ちのぼるヤマメ釣り

喜多院《きたいん》の屋敷柳の二人影

廊ゆけば女の尻踏む春の音

荒川に浮沈ゆきかう江戸の春

肌やわき薬師如来の糸桜

日向見《ひなたみ》の権現堂の花吹雪

川の岸根のほどけたる山桜

インターナショナル肩組み歌いし花見あり

ひしと抱く淡雪のとけ闇ひとり

目刺し食うおのれを食っているような

人の妻であろうとなかろうと燕飛ぶ

春の蚊の羽音さびしきユトリロの

茅花《つばな》掘り坂ころげおち野の甘味

思慮ふかき蜥蜴《とかげ》あらわれ首かしぐ
スカイツリーもつと手をのばせ春の月
逝《ゆ》くならば花舞う蝶の背に乗つて
マンションという独房のしめかざり
わらびわらび戻つて廻つてまたわらび

早桜散りそむ夕の湖《うみ》しずか
東風《こち》ふけばけだるさもまた風に乗る
のぞみなき一茶の蝶の今も飛び

春闘旗《しゅんとうき》

春闘旗《しゅんとうき》なき操車場《そうしゃじょう》の広さかな

メーデーさびし組合さびし人さびし

ニーチエ読む独り湯宿のメーデー日

花吹雪散る露天湯のルノワール

杉鉄砲《すぎてっぽう》打つ瞬間の誇らしさ

笑えぬ顔のさびしい春がある

春うらら軍用ヘリの重爆音

きみまろに笑い転げるアマゾネス

落語好き志ん生枝雀《しじゃく》いまは小三治《こさんじ》

句の難解さてもインテリ気取りかな

ファシズムに抵抗できるか俳句界

尺のヘラ釣られし無念目は緑

鯰《なまず》の目夕陽に光る涙かな

蜥蜴《とかげ》出る生きたいように生きておる

なめくじもふと考える岐《わか》れ道

ボクボコと呟き込む樋《とい》の梅雨の夜

釋 沼空《しゃくちょうくう》四万《しま》の寓居の七変化《しちへんげ》

川鴉礫《かわがらすつぶて》となりて魚を撃つ

鵜《う》のもぐりさてどこへやら陽のまぶし
よろ羽虫にやり瞬《またた》く青蛙
森ゆけば突如飛ぶ蟬チチチチと
涼し気な顔だけみてゆく猛暑の日
木《き》苺《いちご》が金《きん》の雫に明けの雨

夕河鹿《かじか》ものみな凄寥《せいりょう》雲とまる

境内の真日《まひ》に仰向く蜥蜴《とかげ》かな

まくわうり青の時代が駆け抜ける

古家に梅雨銀鱗のヤマベ釣り

浅はかさ身にしんしんと梅雨夜寒

飯蛸《いいだこ》は球根抱擁海上がる

この痩せになにを好んで虻《あぶ》の寄る

掌《て》にぬめる山女魚《やまめ》の姿処女化身《けしん》

山の湯の独り夕餉《ゆうげ》に野の薊《あざみ》

善悪の彼岸の峠山笑う

線量計下げて花見の温泉地

ヘーゲルの世界史春の万華鏡《まんげきょう》

明日咲くよつつじ蕾《つぼみ》の嬉遊曲《きゆうきょく》

少々の虫も天ぷらミモザ花

花の湯はわれ痩身《そうしん》の棺《ひつぎ》かな

寝転びてわらびと眺む西上州

春雨か糸かみまがうタナゴ釣り

猿の知恵言葉にすれば恐ろしき

みちのくへ声をかぎりに揚雲雀《あげひばり》

秒針の春夜に高く骨を削《そ》ぐ

草いきれ

草いきれわれ母乳にて育ちけり

背負う子の寝息やすらか蛍とぶ

蛍狩りほーいほーいと野壺《のつぼ》落ち

夏の磯釣る魚ごとの魚言葉《うおことば》

竿を振る夏夜の海に修羅かなし

かたつむり触覚の目に地球見る

渓谷に背骨打ちたる岩魚《いわな》釣り

カミキリムシその芸術に感極《かんきわ》む

炸裂の音のみ激し花火聴く

年ごとに過酷のきわみ都市の夏

蒼穹《そうきゅう》を黄に染め上げるニッコウキスゲ

駒草《こまくさ》よ見るべきほどのこと見つや

空蟬《うつせみ》に魂《たま》運ぶ虫たかりおり

夏山に銀河の笛が木霊《こだま》する

この痩せの骨焼きにくる酷暑かな

夕焼けをゆつたり引つ張る鯰釣《なまずつり》

鯰《なまず》目はいかにも知的な魚賢人《うおけんじん》

参道にかまくびもたげまむし立つ

青蝮《まむし》陽をとぐろ巻き石の上

禿げ頭時間をかける夏床屋

疎外《そがい》とは身をつらぬける酷暑の日

海花火夏もろともに宙に舞う

ひようひようと生きたきときの糸瓜《へちま》かな

震災の都心画像に蟻の群

駅を降りあじさい袖《そで》引く赤提灯

片手に夏片手に哀切渓《たに》渡る

夏早暁《そうぎょう》空に竿立て山の道

屋根瓦湯帰り娘の通り道

おばちゃんの股あらわなる盆踊

おつぱいが張るからといい両乳首

蛍這うむきだしの尻をのんびりと

酔つて夏闇夜のメールに本音吐く

ひよどりの小虫より疾《と》き陽の出入り

熟柿や的定めたり落つ一点

爛熟の柿嬉々として真日《まひ》を浴び

精神の病癒やせよ吾亦紅《われもこう》

紅葉湯《もみじゆ》のおんなはみんな文楽に

わが愚生《ぐせい》滝よ落とせよ山紅葉

山紅葉《やまもみじ》激流フイルのジュピター聴く

カザルスの指揮鳴り響く滝の音

秋祭り参道物乞う傷痍《しょうい》軍人

蒼天に枸杞《くこ》点々と紅《べに》を塗る

油蟬《あぶらぜみ》鳴き極まりて墜《お》ちにけり

台風の迷走という疲労感

寒鮒釣り

寒鮒《かんぶな》釣りウキはひそひそひそひそひそと

寒釣りはさびしきものの対話かな

寒鮒は覚悟をきめて釣られおり

手におとなしき寒鮒眼《まなこ》の愛らしさ

寒鮒の即身仏《そくしんぶつ》の甘露《かんろ》かな

父食えば鯰《なまず》も鮃《ひらめ》になりにけり

火の粉なる磐梯山地に茱萸《ぐみ》たわわ

独り宿身を乗り出して銀河見る

投身の末遂のあとの菊一輪

羊立つ崖に無窮の空高く

まんじゅしゃげ一花ごとに名を呼びぬ

停泊の港なき海行く秋よ

鯊《はぜ》干せば風さざなみになお跳ねる

秋夕焼け炎群《ほむら》となれるヒマラヤ杉

ちんちろりんちんちろりんと泣く秋よ

朱の鳥居喘《あえ》ぐ紅葉《もみじ》の絡み合い

疲れ居る湯治の山に竹の花

人去りて墓碑に入りたる菊の花

焼酎を片手にメジナ釣る元旦

姉妹の判別つかぬ声おめでとう

月の夜鯨の交合海炎群《ほむら》

飛鳥山《あすかやま》空に桜のエッフェル塔

刺草《いらくさ》の一本に痛む巨体かな

脱走の庭なきマンション児《こ》らの春

春嵐動ぜぬ夕の雲三段

どうでもいいやと思った途端の花吹雪

もじやもじや万作あれやこれやの呪文かな

乾月《けんげつ》や意志いっさいに起点なく

蝶飛んでやつと息つくベランダ枝

首輪なき犬のうつむく五月晴れ

金魚死す卒塔婆《そとば》を立てるプランター

はらはらとはなちるときのははのこえ

言うなれば思想は揺れる豆の花

春燈やロイド眼鏡の万太郎

藪を出た竹の子道を掘り返す

数珠《じゅず》のウキ秋の愁《うれ》いを鮒《ふな》が引く

冬霧ふかし埼京線は混むだろう

俳句一年どの枝めざす寒雀

冬の戸をがんがん叩く訃報かな

椋鳥《むくどり》の激論やまぬ駅ケヤキ

初詣ちがう願いで同じ道

鴨乾杯はるかな旅程あやまたず

枯れ山道すれちがう人の大きさよ

吹雪く夜救急サイレン人が降る

絶望でも希望でもなく燕子花《かきつばた》

爪と髭生きろ生きろと伸びて夏

鮭帰る

鮭帰るひとの戻らぬ村めざし

美しき国などいらぬ田よ稔れ

蟋蟀《こおろぎ》も飼い方次第で兵となる

天皇の姓なんぞやと大嘗祭《だいじょうさい》

遠花火ガザ空爆の非道かな

大琉金悲しみわかる顔をして

マンションに着くや号泣油蟬

戦後史のブーメラン詰めバナナ籠

内に向くおのれを撃《う》ちに野分《のわき》来る

蜜柑《みかん》ひとつ腐れど腐るはおのれのみ

柿の枝切れば秋切る音がする

大概のこと忘れているから生きて冬

鯨肉《げいにく》に捕鯨名手の銛《もり》の痕《あと》

つがい鴨餌ゆずりあうを見て立ち去れず

海鼠《なまこ》食うその気になるときならぬとき

老いてゆくことのいそがし師走かな

芯を刺す狂気いざなう冬の雷《らい》

列車走る雪嶺一点みつめつつ

茶の花や過ぎて感ずる母の情

マンションという建築の寒さかな

七十路《ななそじ》の頬《ほほ》につぶての枯れ葉かな

カトレア展女人すべてが美しく

カトリーヌ・ドヌーブつかつか寒椿

われいずこ自画像描けず年明ける

古コート俄然景色が若返る

寒風のとび職スマホにカップ麺

冬の蟻きみらは真理を巣にはこぶ

夢さめて寒梅片目をあけにけり

ゆず味噌は十二単《ひとえ》の匂いする

鳥雲へ原発ドーム二つ三つ

桃の花メコンデルタの狙撃兵

異人墓地《いじんぼち》なんで蝶舞うアダムスに

スダチの木一本残そう揚羽蝶《あげはちょう》

遍路行く教室われらに手を振りつ

頬白の枝とびとびに愛一瞬

猫の恋マンション全戸が聴く夜かな

谷深く児ら手の届かざる青胡桃《くるみ》

山葵田《わさびた》に雪しろあふれ青歓喜

老人の釣り糸からみ花筏《はないかだ》

ふりしきる雪すぎてゆく誕生日

福島の桃

福島の桃万感の甘さかな

三月や応答なしの十日間

八年をじつくり傾く理髪店

三月は海辺に残る松一本

三月は見えないものが支配する

三月は子供が遠くへ逃げるとき

三月は雲雀《ひばり》が天から降ってくる

三月は見ないふりする顔ばかり

三月は年齢不詳の犬や猫
遺構こわす見えないものは壊せない
見えぬもの散らして村に墓はなし
福島の桃。触れてひりひり声がする
かぼちゃやかなさつまいもかなかぼちゃやかな

見えぬもの春待つこころおののける

喪章《もしょう》つけ桜前線みちのくへ

春愁や写楽をめくる指をなめ

もの捨つるとき来たれりと春迎う

白地図《はくちず》となりし図上にただ標高

いつの日か見納めと思う桜また

蟇《ひき》に詩のあれば聞きたし月の夜

七変化《しちへんげ》僧侶読経の花の数

意志もてる蜂起か芽吹く欅《けやき》道

かがやける桜にかすむ日章旗

軍歌高く近づく音に花吹雪

変幻の生の序章やさくらちる

焦慮なお若き血潮の初燕

荒れはてた墓域に多し蕗《ふき》の薹《とう》

竿うねる負けるな老いよ春の鯉

句の未熟恥じ入りおれば陽に桜

受験期にカミュ語りし友ありき

接吻やまず汽車は五月をひた走る

初燕するどきものが空を斬る

フリージア戦災孤児の少女の目

落椿《おちつばき》女体いくたり石畳

スマホ打つその手で人を殺せるか

蝌蚪《かと》の群れ波乱なき藻に身を寄せて

へくそかずらふさわしきかなまつりごと

柏餅一枚の葉の森林浴

屈《かが》み釣る男がどんどん鴨になる

冬菫《すみれ》おんなの臍《へそ》の胡麻《ごま》三つ

勃起するロバ寒風に目は澄んで

泰山木《たいざんぼく》産声ひびき花ひらく

鮒あふれ土手の土筆となりにけり

サクラサクラ蜂起のごとく咲きにけり

児が踏める力を力に犬ふぐり

春の汽車手話哄笑《こうしょう》の四人組

春月や弓射る女の乳ひとつ

青トマト耳を澄ませば「尋ねびと」

後家《ごけ》が住むその一言で夏が過ぎ

かたつむりヤドカリと会い気が狂い

鯉のぼり口開け喉《のど》を見ろという

硝子《がらす》越し蛙の腹は孕《はら》むかな

にっぽんの勇気は常に下に向く

南京豆つらい過去ゆえ身をかくし

明治節《めいじせつ》ネグリジエ姿の竹下通り

仁川《じんせん》に米軍上陸蝗《いなご》とる

わが秋思ひとえに国のゆくえなるらん

金木犀かくほど匂え放射能

英霊の夏のペリリュー天皇が行く

河鹿《かじか》鳴く戻れぬ人のかなしみを

琉金の朱《しゅ》の輝かしき作為かな

木瓜《ぼけ》繚乱《りょうらん》

木瓜《ぼけ》繚乱《りょうらん》戦火は最貧国ばかり

難民や胎児の旅路春洋上

春愁のはかりしれない原発忌

さくら散る異郷で殺す父同士

狂ほしや浅瀬のたうつ鯉産卵

堰堤《えんてい》をのぼれず饒舌《じょうぜつ》なる花ウグイ

入学式学帽ひとつなき武道館

春の雷《らい》詩を書く兵の灯りかな

砕け散るなんの予兆ぞ花辛夷《こぶし》

アオスジアゲハアジスアベバの高地舞う

春泥に夢中の児らは陶芸家

犬ふぐり少年院の運動場

一人《ひとり》静《しずか》人工授精の胎児うごく

春の雪漢籍本の捨てがたし

ボクシングひいき倒さる春一番

根は頭脳木々逆立ちて山笑う

草むらに息をひそめるわらび摘む

乳飲み子の声凜々《りんりん》と鳥雲に

白木蓮両性具有の土偶かな

タワービルふんぞりかえれど柏餅

雪解川《ゆきげがわ》乳首音立て吸われけり

今日は今日明日は林檎の花摘みに

雪柳かなしい家に咲くという

蓮華草卑弥呼《ひみこ》踊るや首飾り

春の川遊女入水《じゅすい》の淵を釣る

深山に蝌蚪《かと》食い生きる鯉のあり

濃山吹《こやまぶき》好色一代女かな

鬼蜻蜓《おにやんま》特攻散華《さんげ》目の光り

みかん山盗むことこそ楽しけれ

冬の山闇行くわれも獣になり

国賊を叫ぶ男の冬マフラー

冬の貨車アウシュビッツは夢の旅

元日の日の丸赤チン正露丸《せいろがん》

干し柿の一生《ひとよ》おんなの一生《ひとよ》かな

ラグビー大勝利いくさ近いかもしれぬ

浅間山白菜不作嫁不足

屋台ひき餅《もち》売る少女も芸術家

マルクスやスターバックス日向《ひなた》ぼこ

平和とは好色なるや冬の鳩

鯨呑むオキアミのごとし通勤者

カーナビの指示うたがわず冬の谷

万両に見入る媼《おうな》の若き日々

遅延は五分骸《むくろ》はゴミに冬の駅

野犬狩り犬より怖き冬の朝

忘れ花立原道造《たちはらみちぞう》記念館

猫あくび寒風葬儀の列のあと

一本の案山子《かかし》も見ずに羽越《うえつ》本線

秋の蝶老練の目で花渡る

墓碑一瞬かがやき立てり冬の雷《らい》

永眠の序章か春眠長かりき

夏座敷

ご先祖の笑わぬ写真夏座敷

ちゃぶ台をかこむ五人の初鰹

相食《は》んで絡み死にたる浅蜊かな

満月や捕虜屈辱の美《うま》し国

万緑《ばんりょく》や巨悪やすやすと眠る

物売りの声なき夏の来たりけり

青蛙乗つて叩けぬ大太鼓

梅雨に入る嘘つくものの目が泳ぎ

遡上する。鮭よろこびて人もみな

夏草よ最先端の夢の跡

杉山の道暗ければ水引草《みずひきそう》

ああ人間沸き立つ血潮いまも海

魚眼には鳥獣戯画図人間界

夜の公園コーヒーカップに月浮かぶ

いくさ近しと思えば墓つよく洗うなり

掘れや掘れ月の砂漠の古代都市

麦わら帽ことに似合うは笠智衆《りゅうちしゅう》

ひとあやめあやめしあとのいなびかり

にもかかわらず笑うことこれ炎暑

世の中を素直にまねてねじりばな

スーパーにいばるめばるのめだまかな

脊椎の痛み知らずや鯉のぼり

いろかさねいろかわりつついぼむしり《かまきり》

そら豆のさや剥くときの女体かな

おおコミューン梢高らか夏の百舌鳥《もず》

悲しんで冷やし中華を食べ残す

品性と教養恋し梅雨に入る

向日葵《ひまわり》の無数の瞳一巨眼

塚にわが祖国あるゆえ蟻働く

ランプの灯《ひ》老いのまぐわい蛾の羽音

夏嵐つぶて窓打つ暴挙の日

松根油《しょうこんゆ》松の年輪敗戦忌

夜光虫ときには星の涙かな

大切な頭が安い桜鯛《さくらだい》

客よそに聖書に耽《ふけ》るぶどう売り

クツワムシ一七〇〇円で売られけり

仰向ける蟬にとどめの陽射《ひざ》しかな

生きたまま牡蠣《かき》純白の届きけり

七月や「白《はく》」三〇〇号の大区切り

木枯らしに携帯電話の内輪揉め

熱燗《あつかん》や恥を肴《さかな》に独り飲む

朱《しゅ》の背びれ地球持ち上げ野鯉《のごい》釣る

大津波モーセを見たと友は言う

遠吠えや雪の闇夜の助け声

千年のちちろ《こおろぎ》

千年の杉千年のちちろかな

秋風や支配はいつも無表情

深みゆく秋深みゆく独裁者

カナカナやときにはアモーレと鳴いてくれ

楡《にれ》落葉大長編を地に記す

菊人形ジャニーズ系の顔ばかり

菊膾《きくなます》怒りしずめるために食う

焼き鰊白子《にしんしらこ》が残る皿の上

雪が降る不吉な音を消してゆく

秋の蚊が「現代俳句集」に挟まれて死ぬ

逢瀬《おうせ》の木決めて急ぐや紅葉山《もみじやま》

鬼灯《ほおずき》や母の乳首の黒きこと

桜桃忌《おうとうき》まら道祖神のお賽銭

時とめるごとき歩みや鷹行列

土偶展《どぐうてん》芋に乳房のあるごとし

落ち葉焚きゾロアスターの児ら踊る

餌乞うて轢《ひ》かれし犬に雪降り積む

孤独死とやひとりぽっちの凍死とや

冬満月だれもがやがて黙《もだ》しけり

啓蟄《けいちつ》や思案の末に引き返す

花冷えや児《こ》らいじめらることなかれ

あめんぼう歴史の溝もかろがろと

朴《ほお》の花《はな》天に用あり地は無用

孤独とは冷や麦に載るさくらんぼ

秋風や国会議事堂かく虚構

焼き茄子《なす》の身を焦がしたる甘味かな

畦《あぜ》をゆくフランスデモや曼珠沙華

火の路《みち》ははるかペルシヤやどんと祭

渋柿むくおのれ一皮むくように

ガソリンやカショギ殺されゴーン捕まる

回転寿司ボタンひとつで蟹が来る

ほなまたな東京駅に秋の風

冬空に九条俳句よみがえる

階段を踏み外したら冬だった

戦争が廊下の奥から玄関へ

大き蝌蚪《かと》すでに大器の眼《まなこ》かな

新元号遠ざかるもの遠ざけるもの

わが額《ぬか》になお傷痕のあり大空襲

さとうきび乳のかわりに吸い尽くす

はらはらと帯ほどけちる紫木蓮《しもくれん》

あめんぼの沈思すなわち死ににけり

ぶどう成るガードレールにしがみつき

玉音《ぎょくおん》も裏声になる炎暑かな

暗号めく俳句みつめる夜長かな
銀杏《いちょう》落葉きらりきらきら樹木希林

極秘版

極秘版《ごくひばん》解体新書原発忌
大罪人《だいざいにん》に罪なしという林檎もぐ
すばらしき人間保護区猪《しし》の春

死の灰をくまなく浴びて百足《むかで》這う

原発忌季語と成るには惨事なお

殺処分牛は冤罪《えんざい》草若葉

三月や空襲やすき原発群

芽吹きどき萎《な》えるは人の知恵ばかり

春の猪《しし》駅に汽車待つ浪江町

東電の鉄塔つかむ春満月

再稼働札束舞い飛ぶ春嵐

雪解《ゆきげ》川《がわ》山高きより放射能

校庭に帰れぬ児らを待つ桜

地に深く無限の蟻の原爆忌

人文という言葉消しゆく国あわれ

反戦をいうも覚悟やアキアカネ

反共の風土根強し枯れすすき

日本国憲法全文天の川

ファシズムが太鼓叩いて春一番

国の不幸慣るるを峻拒《しゅんきょ》してビール飲む

本土なら千八百万の墓碑沖縄忌

月光やいつまでも少女慰安婦像

祖国とは夢のなかなる蜃気楼

冷奴「後方支援」の膳に載る

千年の憤怒に燃える滝桜

コピペまた始まる年頭記者会見

副総理漫画読みつつ徴兵制

昭和史を逆走しながら新元号

辻辻の濡れあじさいやわが時代

人体展。おのれえぐらる炎暑かな

気候変動や蓑虫ほどの棲家なし

戦陣訓《せんじんくん》。炎天ランナー女子高生

旭日旗《きょくじつき》。飢餓に用なき曼殊沙華

芋虫焼く。人体くすぶる匂いする

滅びゆく言語の響きキリギリス

木《こ》の葉髪《はがみ》男色知らぬかなしみも

薄氷《うすらい》やこだわるべきことなにもなし

選《え》り分けて異形《いぎょう》を残す金魚かな

湯豆腐や崩れしものは前頭葉
抵抗の叙情炎暑の韓歌謡
河鹿《かじか》鳴く解読したき感情を
そら豆や弥勒菩薩《みろくぼさつ》の胸に似て
万作が咲いて謎めく納税期

我れさきに挙手発言の土筆《つくし》土筆

リクルートスーツきりりと白木蓮

きりぎりす農婦嫁《か》せし日の貧おもう

デモへ行く飯のかわりに秋刀魚食い

年越し

年越しは暦一枚捨てるだけ
初暦いのちめくれるところまで
切れ目なく林檎皮むき年明ける

弥彦《やひこ》の惨《さん》記憶遠のく初詣

どんと焼き焚書《ふんしょ》のごとき火の粉かな

和田アキ子なぜか紅白歌合戦

ミサの声かもめが鳩を襲うとき

蓑虫の苦節の凱歌《がいか》核シエルター

寒空《さむぞら》や新ホームレス長き列

身じろがず冬演説を聴く老人

去年今年《こぞことし》ホモサピエンス恥ばかり

志村けん突如死にたり牡丹雪《ぼたんゆき》

おでん屋が弁当を売る酷暑かな

休業の文字の揺らぎや花みずき

メーデーのシュプレヒコールオンライン

梅雨に入る息子よ学費払えるか

躑躅《つつじ》燃ゆコロナ感染世界地図

非正規という人間の列入社式

来年もさくら咲くことだけたしか

マスクにも甘い香りやつつじ道

万緑や自粛は人間だけのこと

不要不急薔薇《ばら》十万本の切られけり

ウイルスはまず先進国をなぎたおす

ガンジスの水清ければエベレスト

夏の夜のコンビニ守るネパール人

人類を救済すべく亀鳴けり

まつろわぬものの風格冬の猫

学術の百花《ひゃっか》切り捨て寒《かん》に入《い》る

なにがあれあけっぴろげに花八手

生と老いみんな女《おんな》手《で》さくら草

性病史老教授から聴き春闌《た》ける

帰れない鳥獣戯画の山は春

春雷や転生《てんせい》渇望やみがたし

雲の峰手をふりやまぬ女将《おかみ》かな

特攻精神五輪に生きる敗戦忌

首都高は閑散として蟬しぐれ

浜の蟬いざともなれば大合唱

往《ゆ》きてまた還《かえ》つて来たし満月よ

煙草抜く母の生家は富士宮

職なき不安ウーバーイート秋の風

晴れ晴れとこれが世なれば台風一過

鑑賞

一　「おくのほそ道」尾花沢考

四月銀山温泉への旅は「おくのほそ道」の一旅程となった。

古川から鳴子、尿前《しとまえ》の関そして山刀伐《なたぎり》峠トンネルに来て、奥羽山系の、今も徒歩で越すのは年配者には至難と思える峠を見上げたとき、芭蕉が「あとに聞きてさえ胸のとどろくのみ也」と言ったことが実感された。

尾花沢への明るい街道に入って心底安堵したことだろう。車ではあったが、途中四月とはいえまだフキノトウが、まるで両側の黒土一面を覆って咲く花のように目につき、やがて尾花沢に向かうくねった坂道を行くと、サクラの大樹に花咲き根元には雪が残り、目に染みるような明るさで菜の花が咲いていた。

その古い家並みの中を走り抜けていると、なんだか異郷、桃源郷に向かうかのような気分に陥った。山刀伐峠を越えて来ると、だれもがこのようなある解放感を感ずるだろうと思われた。

芭蕉が行ったのは七月であったが、この道を歩いたとき畑一面に紅花が咲き、あちこちに桑畑があっただろう。その風景をみたとき、芭蕉もまた、あたらしい世界に足を踏み入れたとかんじたのではなかったか。

その夜泊まった銀山温泉の、中心街の建物は黒く三層、四層と重厚で、大滝からの瀑布の音が響いていた。

翌日、尾花沢の「芭蕉・清風歴史資料館」へ行った。芭蕉はこう書いている。

「尾花沢にて清風という者を尋ぬ。富めるものなれど志いやしからず。都にも折々かよいて、さすがに旅の情《なさけ》をも知りたれば、日比《ひごろ》とどめて、長途のいたわり、さまざまにもてなし侍る」

鈴木清風は江戸の紅花商売で巨大な富を築いていた。江戸で俳諧の道に入り芭蕉との親交を深めていたのである。

かつての紅花商人の商家を模した記念館は落ち着いたたたずまいであった。いかにも地方の豪商の商家そのままの三和土を踏んで、部屋にあがり畳にしばらく座った。かつて繁盛していた当時は、ここに多くの商人や町民が出入りし、商談を行い、様々な地方や遠方からの情報を交換しあい、活気に溢れていたことだろう。そこに江戸から高名な俳諧師、まことに偉大なる宗匠が尋ねてきたのであるから、その喜びよう、歓待ぶりは、想像にあまりある。

芭蕉は尾花沢に一〇泊している。しかし尾花沢についての「おくのほそ道」の記載は本文四行、発句四句のみであり、想像するしかない。

街へ出れば道路の下に激流の音がした。この道路の下を昔は川が縦横に流れていたのだ。

芭蕉が七泊した養泉寺へ向かった。往時は新築で隆盛を誇った寺も、今は廃寺のごとくうらぶれ五葉松の大樹と楸邨書の句碑があった。

そこで無心に寺の清掃をするご婦人と出会った。芭蕉の句の「ねまる」の意味を問えば「寛《くつろ》いで休んでいきんさい——ねまらいん——というんです」とのこと。ご婦人の先祖は元禄に遡り、寺の境内にあった。

婦人は身の上を話してくれた。嫁にきて三人の子がいたが若いときに夫と死別、先は真っ暗だった、そのとき、すでに檀家一〇軒になっていた養泉寺を檀家の一員として毎日掃除をして、そのおかげで頑張って来られたのだと、瞳を輝かせながら語った。こんなこと、人に初めて語ったと言って、私たちの手をつよく握り、「必ずもう一度来てください」と頭を下げた。

芭蕉を迎えた尾花沢のひとびともまた、こういう善良、勤勉で明るく活き活きしたひとたちではなかったのかと思った。

田に出れば黄水仙が咲き乱れ、葉山、その向こうには月山、鳥海山が遠望できる。

そこから大石田で蕎麦を食い、舟形町、猿羽根《さばね》峠へ上がった。茂吉の歌碑（次の一首目）があり、立派な相撲土俵があり、眼下には奥羽山脈からの豊富な水を湛えた最上川がまるで龍のように、蛇行し、たくさんのものを飲み込み、生きてものを言っているように滔滔と流れていた。

そこでの茂吉の歌には芭蕉を偲んだものがある。

もみじ葉の　すがれに向ふ　頃ほひに　さばね越えむと　おもふ楽しさ
元禄の　ときの山道《やまじ》も　最上川　ここに見さけて　おどろきけむか

芭蕉は、尾花沢では毎日のように招かれ歌仙をまき、多くの人々と言葉をかわした、そういう目で見ると、四句の意図と内容の豊かさが分かる。

涼しさを我宿《わがやど》にしてねまる也

と、方言を用いて清風らの歓待に万感をこめて感謝している。

招かれた家々の様子は

這出《はいい》でよかひやが下のひきの声

※「養蚕の家＝かひや」の下でヒキガエルの声が聞こえる

に尽くされている。人々の紅花や養蚕や畑作の労働のみなぎる活気。さあ蟇よ、お前も出てきてこの輪にくわわればよいと。

紅花に囲まれて農作業をする婦人たちの明るく清楚な姿を、

まゆはきを俤《おもかげ》にして紅粉《べに》の花

※眉掃＝おしろいのあとに眉をはらうこと

と、明るく、艶に詠んだ。

四句目で曾良が

蚕飼《こがい》する人は古代のすがた哉

と、古代から受け継がれている人間の素朴かつ逞しい心と姿を、深い敬意をこめて詠んだが、この思いは、曽良だけのものではないことを想うべきであろう。芭蕉もまた連綿とつづくこの地の人々のいとなみのなかに古代のすがたをみたのである。

尾花沢での長い逗留と交流は芭蕉の心に深く刻まれた。その経験を内に秘め先へむかった。

私も、次の日は芭蕉が急遽予定外に訪問した山寺・立石寺《りっしゃくじ》へ行き累々たる岩場を登った。桜は満開。五大堂から見下ろす道を挟んで立ち並ぶ集落は、昔のままの町並みを残して端正だった。

立石寺では有名な、

閑《しづか》さや岩にしみ入る蟬の声

と詠んだが、これも尾花沢での感慨と深くつながっている。蟬の声に、今を懸命に生きる農村の人々を重ねていた。

芭蕉は江戸の街の、都会の喧騒を回想した。「おくのほそ道」の旅中、芭蕉の心境にはつねに江戸の、都会の繁栄と喧騒の、そのどこかしれぬ空虚さの実感と自覚があったはずである。それは都会人への、どことはない空虚、人としての底の浅さの思いでもあった。大地に根を張って生きている人々と、日々のゼニと商売の浮沈、人間関係の煩瑣のなかで、あくせく生き延びている人々との圧倒的な違い。それを、芭蕉は、尾花沢で、己の来し方を振り返りながら、痛烈に感じ続けたはずである。それが「清風」への人物評ともなっている。すなわち「富めるものなれど志《こころざし》いやしからず」（「徒然草」を踏まえている文）、そう断言できる人物が、江戸の身近にいたのか、いなかった、それがここにいたのだという思いは決して軽いものではなかった。江戸の世界、都会の人間とは全く異質なみちのくの世界への旅。とりわけ尾花沢での自然と人々の交流の中で、その思いをいっそう強めたにちがいない。だからこそ一一日間も滞在したのである。

芭蕉は尾花沢で、日本のまさに古代からつづく不易そのものの自然と人間のありようを、農村社会の揺るがぬ「静謐さ」をこそ、こころの奥底から感じ、「蝉の声」に託して詠んだのである。

「最上川」では、

五月雨《さみだれ》をあつめて早し最上川

の句を残したが、最上川は、上から眺めるとまるで巨大な生き物が、くねり歩いているかのように見える。尾花沢で目にしたのはひとびとの、日々のたえまない、ささやかだが活気あるいとなみだった。それらがいつか大きな一本の河に合流し大河となってゆく、その思いがここにはある。

この有名な二つの句は尾花沢と切りはなしがたく結びついており、尾花沢の四句と一体のものとして鑑賞すべきだろうと思う。

尾花沢、一〇泊一一日間は芭蕉の、そのあとの「おくのほそ道」にとって、特別の、きわめて重い意味をもったにちがいないのだとかんじたものだった。

こうして「おくのほそ道」を実地に歩いてみると、芭蕉の俳句の世界を自分流儀に自由に考え、想像することができる。

よい俳句には読むほどに、深みと面白さがあると思ったものだった。またいつかその先を旅したいものだと思った。

〔二〇一五年四月三〇日〕

俳句集団「白《はく》」がある。こじんまりとしているが自由闊達な伝統があり、有力な俳人を輩出してきたし、今も健在である。主宰・有富光英氏が、何事も偏見をもたず、常に初心に帰るという意味を込めて「白」と名付けたとのこと。有富氏亡き後、主宰は加藤光樹氏に引き継がれた。

私がかわにし雄策くんの誘いで入会したのが二〇一三年。すでに「白」は二六〇号（隔月刊）を越えていた。その文字通り末席に名を連ねたのであった。

二〇一九年、まもなく三〇〇号を迎える二九九号から（「白」には「白日集」「白月集」という同人の投句覧がある）「白月集」の鑑賞「白月集抄」を書くことになった。おそるおそる引き受けたのだが、引き受けた以上「鑑賞」とはなんだろうと、改めていろいろ読んだ。しかし読むほどに「これが俳句の鑑賞というものか」とがっかりしたのが正直。私は「鑑賞文もすなわち作品である」くらいの気持ちでないとだめだと思いながら、思いつきをそのまんま書いた。三回書いた。だが事情があって、「白」は三〇二号で「休刊」となった。以下はその三回分の私の「鑑賞文」である。

白月集抄（「白」二九九号）

立春や誰もしらない道をゆく　　有馬　英子

こういう句は、真っ直ぐに読んで作者の気持ちを真っ直ぐに受け止めることでしょう。季語は「立春」でなければなりません。暦の上では春だがまだ寒い。その寒気の中にもかすかに春の兆しが感じられるときです。長く感じられた冬を乗り越え、毎年同じようにくるのだが、ことし二〇一九年このときは、ある強い気持ちのみなぎりと張りを感じたのです。

「立春や」と言い切ったところに万感があります。そして作者はむこうに、ほかの誰も知らない道をみて、その道へ歩き出そうと決意するのです。「私」が「私」として生きてきた、それを確かめ、そのうえで新しい道を切り開こうとするのです。

立春をすぎて春風が吹いてくるころ、虚子は「春風や闘志いだきて丘に立つ」とあからさまに直接に「闘志」を詠みました。これと並べてみても、この句の静かで控え目ではあるが、強烈な秘めた闘志と意欲を深く感じることができます。

唇に花訪のうて去りにけり　　小泉　水玉

この句をひらがなで表記すればこうなります。

くちびるにはなおとのうてさりにけり

桜の花、今年は早々に満開となりました。だれでも一度は青い空の下、その花を仰ぎ見ながら歩いたことでしょう。誰もが風に吹かれて落ちてくるひとひらの花びらを唇にうけたことがあるでしょう。この句は、そのごくありふれた風景を詠んだのですが、「訪のうて去りにけり」の措辞が出色なのです。

これを「唇に触れ散りにけり」では深みはうまれません。この句は「花」を「ひと」に置き換えて読むことが出来ることによって、平明極まりないにもかかわらず、とてもすぐれた俳句になりました。まるで人と同じように「花が唇を訪ねてきて、なにか告げるかのよう、去っていった」というのです。これによって、大きく広々とした風景とともに心の揺れや、ひとの思い出までも想像を広げる句になりました。

桂信子に「青空や花は咲くことをのみ思い」との句がありますが、なんのなんの、花はひとひら散っても、その一枚が人の心の扉を打ち、開かせるちからを秘めているのです。

恐竜に戻るクレーン朧月

原田　えつ子

東京五輪へむけて加速されるビル、マンション群の建設ラッシュ。どこをあるいても昼間、はるかに見上げるほどの高さに重機、大型クレーンがまことに器用に首を振り、曲げ、猛々しく動いているのを見ます。かつてどんなところも広大な空き地、いや、原野だったことを思えば、この現代建築の大きな歴史の中での位置と意味を考えさせられます。

そんな昼間の風景と違って、春の夜、薄絹に隔てられたような柔らかさを感じる朧月のとき、しんと静まりかえった空の向こうに、その月と向き合い、月と語るような高さに作者は昼間のクレーンを見たのです。おお、という声を出したくなるように、クレーンの影形が、恐竜に、ティラノサウルスかあるいはゴジラのように迫って見えてきたのです。
人間の操作からはなれ原始の恐竜に戻ったクレーン。人間が作り上げた文明都市と恐竜の対比、さらに対話の中から、読み手は現実と未来について、根源的な問いかけに直面するのです。

三月や慣れぬ花束重きこと　　大阪　登茂

三月はまた異動の時期でもあります。これは転勤なのか退職なのか。退職とみたほうがいいかもしれません。長い間の職場での生活。その間に、色鮮やかなずしりと重いバラの花束など一度も受け取ったことがなかった。いつも他人事だった。ところがいま、まわりは同僚や若い人たちの「ご苦労様でした」との歓声や拍手やスマホのフラッシュ。慣れぬことはもちろん、緊張はたかまり、受け取ったときはさほど感じなかった花束の重さが、また半端でなく重たく感じられてきた。きっとそれは花束だけの重さではなく、そこにこめられた周りの人々の、自分への熱い思いを感じ取ったからなのでしょう。
「重きこと」と断言して振り返るところに、作者の、成熟した人間性とユーモア感覚を感じることができます。

蝶二頭空二分して日暮まで　　飛鳥　遊子

思わず、あれ？　蝶は一匹ではなかったのか？　と思って辞書を調べる。すると英語の「ヘッド」の直訳で、学術専門用語の用法として、蝶は哺乳類のように「頭《とう》」とよむことができるとあります。「一匹」でも間違いではないのですが、頭の部分がはっきりと体から区別されているからだと説明されるとなるほどと思います。

この句はそこを捉えて、俳句の一語の意味の大きさを教えてくれるものとなっています。そのことを知ったうえでこの句を読むと、まるで「蝶二頭」が「象二頭」と同じ重さ大きさに思えてきます。そして蝶の眼に象の眼がかさなってきます。どこかそう言われれば似ているような。それが生き物であり大小にかかわりのない「いのち」なのです。

その「蝶二頭」がいきいきと春の空を高く、寄りそい、離れつつ、大空を二分して日の暮れるまで飛び続けている。「蝶二頭」ということによって、新しく見えてくる春の、のどかだが、大きな風景です。「いきいきと三月生まる雲の奥」（龍太）のもっと雲の手前の風景です。

ワイングラスに金魚四匹ミモザ咲く　　太田　酔子

ミモザとは銀葉アカシアのフランス語名。街路樹ともなり春深まれば淡黄色の花房を開きます。しゃれた大通り、久しぶりにぶらりと店をのぞきながら歩きます。するとみたことのあるブティックのガラス越しに小さく色鮮やかに動くもの。金魚鉢ではなく大きなワイングラスの中に小さな金魚が四匹、せわしなく泳いでいるのが目に留まりました。近づくと余計に餌をねだるように動きます。ああ、こんなところに金魚がいたかと、弾んだ気持ちになり、通りをまた歩き始めます。

ミモザの木の向こうは高層の最新のマンション群。ふと思うのです。あのマンションの一室。無臭・無菌の、まわりは白い壁に囲まれて、家族四人が住んでいる。それが当たり前で普通の生活様式になってきた。あのワイングラスの金魚はグラスが割れれば、飽きて捨てられれば、それで終わり。その危なっかしさは、「金魚四匹」も「人間四人」も、その置かれた境遇は似たようなものではないのだろうか。

明るい色彩の光りの中に、現代の風景の奥底をみた、なかなか含蓄の深い一句です。

春風駘蕩ゴム紐のない下着　かわにし 雄策

「春風」が季語。「春風駘蕩」とはまことにのどかな春の風景。これで九文字。あとはひとことというしかない。なんと作者はそこに「ゴム紐のない下着」を置いて見せます。一瞬、ウムと唸ってしまいます。

しかし、連想は確実につながります。そこはかとないエロチシズムも漂います。「ゴム紐のない下着」はもういまでは殆どみることもないでしょう。それ自体が想像させるものは、昭和の戦後を生きた人たちにとっては、懐かしいばかり。

古いゴム紐は捨てられ、いま下着は新しいゴム紐を待っているのです。そして下着は再生してゆきます。ここには、まぎれもなく、昭和の戦後の、純粋でけなげに、衣類でもむやみに捨てず、大事に使い続けて暮らしてきた庶民の、それこそ原型が切り取られています。ここで作者は、「ゴム紐のない下着」にその「時代」を代表させているのです。

新元号は「令和」です。「昭和」は遠くなるばかりです。しかし、どうしても捨ててはならぬ、忘れてはならぬ時代の遺産や教訓があります。

飄逸な表現の中にも大きな時代を考えさせる眼の確かな強靭な一句です。

葉桜の下西行の影を踏む　大西　恵

西行は、「花の歌人」と言われます。なかでも、

「願わくは花の下にて春死なむそのきさらぎの望月のころ」

の歌が有名です。その感傷はいまなお人々の心に響いてきます。さらに西行に傾倒した俳人・角川源義は「花みれば西行の日とおもうべし」とはばかりなく断言して見せました。ともかく西行と言えば、どうしても春の桜の頃を思い出さないわけにいきません。そういうことを存分に承知している作者は、しかし、控え目で、奥ゆかしい性格の人柄、しかも、底には堅牢な心情を持っています。

ならばわたくしは、花の散ったあとの葉桜をめでましょう、そして西行を正面にするのではなく、西行の影を、静かな気持ちで踏んで歩くことで偲びましょう、というのです。

西行作者の人間の奥ゆきと足どりのたしかさを、葉桜が春の光りを受けて透けて見え、風に揺れる風景の中に感じる一句です。

涅槃西風辺野古無頼の土砂の海　桑田　青三

眼前の風景といえば、じつはもっとも頻繁で身近で、つねに様々な感想や思いをもつ政治や社会の日々の出来事です。ところがこれを俳句にするというのは至難のこと。思い入れが強ければどうしても主情的

な、幅の狭い、広く共感を得にくいものになる。避けることもできましょうが「白」はここでもひるみません。

さて、辺野古。これは今も重い政治の焦点。二月（二〇一九年）の県民投票で七割をこす県民が「ノー」ときっぱり判断を示した。ところが政府は見向きもしないで土砂搬入を強行し、最近ではジュゴンの死も報じられました。

この句が辺野古を詠んでも、主観的な思いの吐露だけにならず、強い説得力と詩的迫力をもったのは、まず「涅槃西風《ねはんにし》」の季語を冒頭に置いたことによります。沖縄に、今年こそ強く吹きつけているだろう寒さを感じる季節風。そして投入を強行するその赤土を含む土砂搬入の姿に「無頼」をみる鋭い感覚。それはすなわち、アベ政治の「無頼」の姿です。

晩年の金子兜太は「アベ政治を許さない」の色紙を書き、様々な集会で掲げられ、人々に勇気を与えてきました。もし兜太が生きてこの句を読めば、きっと喜んで作者のもとに駆け寄り、手をしっかり握ったことでしょう。

白日・白月集抄

（「白」三〇一号）

大西日あそこはきつと帰り道　　上薗　優

大海原からのぼりやがて山の端に沈んでゆく太陽。そして天を覆うように雲を輝かせ、高層ビルの上階を、強烈に、ほんとうに建築が燃えているように真っ赤に染める西日。そのなかにいてそれと向き合い、じっとみている自分。

この永遠の循環をみていると、宇宙的な自然のなかの一滴の雫のような自分という存在のちっぽけさを、なんとも言えない思いで感じないわけにいきません。太陽が、思いがけない速さで落ちてゆくとき、ああ、自分もまたあの道を「帰る」のだとはっきりと自分のこころに刻むのです。

「永遠をかさりと置いていった西日」と詠んだのは津沢マサ子でした。西日は「永遠」を、わたしたちの眼に焼き付け、そして「かさりと」小さな音をかんじさせて、その痕跡を残してゆきます。

西日の熱さ、激しさは驚くばかりです。この句は、壮大な宇宙的な自然の現象に、自分の来し方の人生をかさね率直に詠んだスケールの大きな印象的な作品です。

いつそきつぱり花火になつてしまおうか　　宮森　碧

遠花火でも、テレビの花火中継でもありません。作者は河川敷の一角にいるのです。川風が吹き、やがて地を蹴って花火が打ちあがります。シュルシュルと軌道音を残しながら天空に上がりきると、わっと花火がたくさんの模様を描きながら、心にじんじんとひびくような音が鳴り渡り、無数の光りの束が天を覆い華を咲かせます。天空に展開する一大ページェント。思わず感情は強く揺さぶられ、おお！　と自然に声が出て、拭いたくない涙が止めようなくにじんできます。一度や二度だれしも経験したことでしょう。「花火」は季題の中の「花形」。無数の句の殆どは、花火をとりまく情景を詠んでいます。しかしこの句は一切の情景描写も修飾語もありません。作者は花火を目の前でみながら思うのです。いろんな雑念、世間のしがらみの中でいきている今、いっそきっぱりそれらを断って、花火そのものになって空に打ちあがり、ああ、そうして思い切ってあの花火のように天空をカンバスに、のびのびと自分の絵を描きたいなぁ！と。これが、花火を目の前でみたときの偽りのない作者の心の底からの言葉です。

花火には人に、いまを、潔く生きてゆくことへ勇気や希望をあたえる力があるのです。

他人の目に映る幸せ花氷

山戸　則江

「ひとのめにうつるしあわせ」。それはなんだろう？　作者は、みんな花氷のようなものよ、と言いきります。花は生きたまま氷にとじこめられ、人々は目をみはり、スマホのシャッターを押し、感動的な美しい美術品として見とれます。しかし花そのものは自由に息もできず外はなにもみえない。それが、生きた花のほんとうの幸せなの？

連想は「花氷」からテレビ画面を思い起こさせます。いっさいが周到に準備、加工、編集され、あたたかもそれが唯一の真実であるかのように日々目の前に映し出される社会と人間の風景。「それはほんとうなの？」映るタレントは明るく美しく饒舌で頭がよくて快活です。婚約と結婚、やがて出産と家族の幸せが、これでもかと執拗に追いかけられてゆきます。社会の暗部はえぐられることはなく、テレビは普遍的で標準的な幸せ尺度をつくりあげ、ひとびとはその幻想をひろく共有して怪しむことがありません。

作者の近作に「福引でまんまと孤独引き当てる」があります。一読難解ですが、群衆の中の孤独（の境地）ということを考えれば、その情景がありありと浮かんできます。

この作者には躍動する都会的感覚の、ぴりぴりするようなするどさが感じられます。人間の内面や世相の裏側の本質をみぬき、言い切る魅力のある作品です。

メイ首相ネックレス大になり立夏

日野 高穂

イギリスのEU離脱問題は依然として世紀の難題。これにたちむかうのはイギリス二人目の女性首相、テリーザ・メイ。その姿はくりかえしテレビ画面いっぱいに映されます。その表情に、作者は初の女性首相、サッチャーの姿を重ねます。八〇年代、フォークランド紛争の勝利に象徴されるように強権的な保守主義を実行し、強固な意志を貫く確信と自信にみちたその姿は「鉄の女」と称されました。

それに比べると、メイ首相が女学生のように見えて仕方ない。語気は強くとも表情はどこか憂いをふくみ、揺れがそのまま現れます。ふと胸元をみれば、いつもより大きめのネックレス。それは、自身の顔の表情から人々の視線をそらせる作為であるかのようにだんだん大きくなり、それに伴い情勢は緊迫の度を増してゆきます。ときは二〇一九年立夏。実際、六月には保守党党首を、七月末には首相を辞任。状況は今後どうなっていくのか。

政治家の表情が一瞬にして世界を駆け巡る時代です。この句はメイ首相に着目していますが普遍的な問題を一句のなかに含むすぐれた時事句になっています。付け加えるならば、トランプ大統領の前では子供のようにはしゃぎ、国民に向かっては無表情なこの国の首相を、なんというべきであるのか。メイ首相はある意味でとても誠実で正直な政治家であるとも言えましょう。（原句は「メイ首相の」ですが「の」をとって鑑賞しています）

パジヤマ脱ぎつぱなしや蟬の殻

国分 三徳

この句、蟬に「パジャマ」を着せることによって、たちまち、作者は蟬と同じ目線で交流し対話ができるようになりました。「おいおい蟬くん、脱ぎっぱなしだよ！」とよびかけると蟬は一瞬振り返り、信じられない早口（蟬語）で言います。「よく聞いてくれました。私はもう何年も暗い地中にいて、この夏、あぁ、初めて地上に出て太陽の光を浴びることができました。でも寿命は一週間ばかり。そのあいだに伴侶をみつけ子孫をのこさねばならない。力の限り体から湧き出てくる歌を、それは愛を熱烈に呼びかける歌なのですが、寸刻を惜しんで歌わなければならないのです。私にとっての一秒はあなたがたとは比較にならない長さなのです。だから、殻から抜けると片づける時間はない。どうか、私の形見として受け取ってください。お役に立てるかもしれません。先を急ぐので失礼します」。こう言って一匹の蟬は空へ一直線に飛び立っていったのです……という風な物語が生まれてくる一句です。自然のなかの生き物との対話、そして共生。あるおかしみとともに、えもいえぬほのぼのとしたあたたかい気持ちにしてくれる、リアルかつ大きな容量の一句です。

読み返して、作者はつぶやきます。「蟬くん、その『パジャマ』も『空蟬』という深い意味のある言葉として残ったよ。君たちのことは、この抜け殻によって、長くけっして忘れることはないよ。頑張っておくれ」

鰯雲違和感だけで生きて行く　　島田　啓子

「いわし雲」――遠い昔から人々はこの雲に向かってさまざまな感慨を抱き、内なる覚悟や決意を語ってきました。作者には、そのとき、正直な、自分に言い聞かせるようなひそかな決意の言葉が、思わず口をついて浮かんできました――「これからは違和感だけで生きて行こう」

歳を重ね、なにかものごとが見えてきたせいなのか、自分がわかってきたせいなのか、この頃は、何かを読んでも聞いても、人の挙動も、日本と世界の動きも、たえず「どこか違うな？」ということをしばしば痛いほど感じる。このちぐはぐな感覚こそもっとも大事に扱うべきではないのか。なにかが、違うなと思うとき、その何かが何であるのか、そこからきっとまた新たな自分なりの探求が始まるはずだ。違和感を放置せず、これからは違和感にこだわれるだけこだわりぬいて生きて行こう、ある意味でその違和感だけで生きていこうと思うのです。もし違和感が感じられなくなったとき、それは私が私であることの終わりのような気さえする。深い内面の洞察にもとづく含蓄のある一句です。

傷だらけの力士の汗よ荒き呼吸《いき》

田中 早穂子

この句の魅力は何といってもいきなりの、破調を承知で「傷だらけの力士の汗よ」と言い放った、それこそ立ち合いの鋭さと迫力にあります。

場面の説明の余地はありません。そのままの臨場感が伝わってきます。真っ向からぶつかりあい、せめぎあう肉体の格闘。吹き出る汗が飛び散り、荒い息遣いが聞こえてくるようです。

そして作者はこれほど共感し夢中になっている自分を、土俵上の力士の姿に重ねます。「傷だらけの力士」とは、また自分の「傷だらけのこころ」でもあろうと。人の眼には見えなくても抱えている傷。しかし正面からぶつからなければどんな傷もできない。ぶつかって、格闘してこそ傷つくことを、自分もまた恐れず、ためらわず、前へ進もうと、自らを鼓舞・激励します。そのことが、この句を読む人にも心地よい激励となって響いてきます。明快な、大胆な、気迫満点の一句です。

敗戦日令和も戦なき世なれ

浜田 輝子

「敗戦日」のだれもの決意。しかし語感に冷やかさを感じる令和という元号の初めだからこそ、言わずにおれない強い気持ちが伝わってくる一句です。

もう三五年前、昭和も終わりに近い昭和五九（一九八四）年、鋭い洞察力をもった俳人・三橋敏雄は詠みました。「あやまちはくりかへします秋の暮れ」。「この夏」が過ぎてしまえばという、彼独特の皮肉でもありますが、すでに暗雲はたれこめていました。だが昭和をこえて平成の三〇年、あやまちはくりかえさせませんでした。いまどこに立っているのか。それは「九条俳句事件」に示されています。「梅雨空に『九条守れ』の女性デモ」。この俳句が最高裁まで争われ、辛うじて勝訴（平成三〇年一二月）となったことをみてもあきらかです。戦争はいや、平和こそ、の言葉が政治的偏向として公権力から攻撃、排除されるところまできています。

この句は、これから長く生きてゆく人々のために、呼びかけと祈りの語調をもって言わずにおれないものでした。やがて子や孫たちはこの句を母の言葉、祖母の言葉として長く記憶にとどめ、まじまじと読み返すときがくるにちがいありません。

白日・白月集抄（「白」三〇二号）

蟋蟀の素揚げで一杯なんて日も

原田 洋子

『白日集』は「連作俳句」。五句で一つの世界をつくる構想力と技量が求められます。作者はその練達の一人です。『神の留守』（陰暦一〇月・神無月）をテーマに見事に（五句目の「神の留守ちょいと江戸まで行って来る」というところからみれば江戸近郊の在か）、いわば長屋のひとりの町人世界を活写し、西鶴的世界を彷彿と連想させます。五句全体を読むと、時代と人間の生活のありさまが生きてよみがえってきます。

最初に「神の留守山の神さえ居なければ」と、おかみさんがいなければどんなに開放的に気ままに暮らせるかと思っている。借金取りには「懐手それが答えというように」対応し、なにかと言えば「朴落葉急いで隠す二枚舌」を使ういいかげんさだが、生活の知恵を使って暮らしている。晩酌の肴も、なんと、長屋の隅で鳴いている蟋蟀を捕まえて、空揚げをつくってしまう。ここで注意すべきは「コオロギの空揚げ」が「ゲテモノ」などではなく、エビにも負けぬ酒肴の逸品だということ。怪しいと思うひとは直ちにネットで調べる必要があります。蟋蟀とは食用でもあったという「目からうろこ」の大発見です。自然は酒の肴の宝庫です。

つまり、「神の留守」のあいだに、実に生き生きと自分流の生活をして充実している庶民の姿、その象徴がこの一句です。

消費税一〇％で混乱を深めているいまのご時世から想像もできません。そしてかつて、倹約を旨としながら、自分の工夫や知恵でのびのびと生きていた江戸期の庶民たちがいたということは、二〇一九年ただいまの「教訓」ともなりましょう。

まことに俳諧精神の横溢した快作といっていいでしょう。

焼きたてのバゲット二本秋麗

ふじ　ひろみ

この句は『富士に抱かれて』の連作のなかの一句です。

実にのびやか、晴れ晴れとした風景（秋うらら）のなか、長き棒のような焼きたてのパン二本をいたわるようにもつ人の風貌が浮かんできます。これ自体で風格のある一句として独立していますが、五句を読んでゆくと、最後にこの句で〆た意味も分かります。

「御坂より菱形富士が秋に入る」。これは北斎の、「富嶽三六景・逆さ富士」の連想をよびおこす導入。「薪準備村一面の芒原」。この句も自立して充実しており、村のひとびとの冬へ向かう生活の素朴な、力づよい準備風景です。目を道端にやれば、おにあざみが気品あるあざやかなピンク色に咲き続く。その姿にはさすがの富士の広大な裾野も真逆と思えるひそけさのなかにある。「鬼薊真逆にひっそり富士裾野」

「足高の蜩鳴いて海白し」。この句も自立した一句として味の深いものです。ひぐらしという蟬は言われてみれば足高の容姿端麗、前足がつんと長く、翅は透明で品が感じられます。富士に抱かれて朗々と鳴くヒグラシの、あのカナカナカナ……という切なくも、のびやかな声は、聴く者の見る風景をも変えてしまいます。実際、その鳴き声のせいであるかのように、遠望する駿河湾の海は白い。

そして二本のバゲットパン。バゲットとはフランスパンの一種で、フランス語で杖のこと。それは秋という豊穣の季節の恩寵、このうえない秋の富士の贈り物。

この連作に、岡本眸の「仰ぐとは胸ひらくこと秋の富士」の有名な句を置いてみましょう。並べて遜色のない、堂々たる連作です。

かつて大軍だつた蝗の飴煮かな　かわにし　雄策

作者は「六月浜風句会」（「白」三〇一号）で、「言うな。想像させろ」という言葉を紹介、自らの句作の信条の一つにしていると言っています。

さてこの句、それにしては、ドドーンと「かつて大軍だった」と散文的措辞で「言って」います。大胆というか、図々しいというか。しかし、ここが作者の狙いどころ。誰もが考えそうな題材があたらしい俳句になるためには、言葉の多様性、表現の斬新が不可欠です。いかにも俳句風に言うとすればここは「大軍でありし蝗」などと言うでしょう。そしたらなんともつまらない。意味は同じでも言葉の躍動がなく、想像力の翼が羽ばたかない。結局、俳句は言葉が風景をつくるのですから、言葉に実感、感情がこめられていなければならない。そこをばねに想像力が広がる。

「ああ、かつては草原を、広大な田野を、空を覆うように、大軍勢の勢いをもって飛んでいた蝗たちよ」と言われてみると、それだけで、この言葉が作る風景に圧倒される。そしてまた、大軍勢の「飴煮かな」への、転倒と落差にあっけにとられる。句の説明は省きます。この句にはまた、いま権勢をほしいままにしているかにみえる者たちが、決して永久不変ではないことの寓意を読みとることができます。

鶏頭の燃え立つ村の一揆かな　　田中　梓

鶏頭は群生し密集しているとき、その鮮烈な赤い色は、生身の体から飛び出る人間の鮮血の色とさえ感じられます。夕日に照らされた鶏頭は高熱をもった血に見え、薄暮の鶏頭は、見るほどにどきっとするほど鮮やかで、きりりと、まるでたくさんの人間がそこに群がって、たがいのいのちをぴたりと寄せ合っているかのように見えます。

作者は考えるのです。燃え上がる鶏頭の赤は人間のほとばしる情熱の色、人間がいのちをかけてなにごとかをやりとげようとするときの、その決断のこころのなかの、燃え上がるあかあかとした炎と似ているだろうと。それはいってみれば、かつてはこの村を舞台に激しく戦われた一揆の精神、あるいは、いまの時代のなかでほんろうされている村の人々の一揆＝結束して何事かを変えようとする意志の現れとも言えるのではないだろうか、と。

この句は、「鶏頭」の、燃える色の強烈さのなかに、それと溶け合うような、村びとたちの、それも激しくいまを変えようとする人たちの行動への情熱と意志をみています。鶏頭の花の姿に、人間のこころの動きをかさねてみつめようとした、リアルで、躍動感と、しかも情感あふれる一句です。

衝撃の映画ひろしま蟬しぐれ　　山崎　哲男

映画の俳句で、すぐ思いだすのが古沢太穂の「ロシア映画みてきて冬のにんじん太し」。題名を入れた句は「春はやてシネマ『雨情』のはねし街」（角川源義）などがあります。この句の映画は「ひろしま」。ごく簡単に説明すれば、これは原爆投下から八年後の一九五三年に制作され、ベルリン国際映画祭長編映画賞を受賞（一九五五年）。月丘夢路、岡田英次、山田五十鈴らの俳優陣と八万人を超える被曝者、市民、中・高校生らのエキストラを動員した空前の規模と、なによりも被爆直後のあまりにもなまなましい「原爆の実態」を世界に訴えたものでした。しかし政治的な圧力、映画会社の配給停止などで殆ど上映されることなく眠っていて、まさに「幻の映画」として「抹殺」される寸前、ようやくデジタル化され、八月一七日深夜にＮＨＫで放映されたのです。いろいろな批評がありますが、一言で言えば「この映画を観た人は誰もけっして『核抑止力論』を口にすることができない」ということです。

作者の衝撃は、原爆のほんとうのリアルな実態を、「ひろしま」をみて初めて知ったこと。もう一つの衝撃は、日本人の自分が、この国に起こった大惨劇の真実を、あの日から七四年間知らなかった！　といううたがいなき事実です。

蟬しぐれは、「あなたはこの国の、ごく最近までの歴史の真実のなにをどのように、どこまで本当に知っているのか」という強い問いかけに聞こえたのです。俳句には、後世に語り継ぐべき記録としての使命もまた含まれます。これもそのような一句です。

仰向けに死にゆく蟬やなにを見る　　岡本　朗子

マンションでも八月末から九月にかけてしばしば蟬が廊下や家の中に飛び込んできて仰向けになりピク

りともしません。死んだのかなと羽をもつとばたばた動く。一週間ばかりを死に物狂いで鳴き続けてきて疲労困憊し、声も出せず人間とおなじように仰向けになって目を空へ向け、短い生涯を振り返ってもいるのか。しばらくして触ると、また動く。蟬流の臨終の儀式、最後の祈りであるのかもしれません。やがてすっかり静かになればそっともちあげ、近くの花の蔓などに足をかけさせると、生きている姿勢で何日もしがみついています。墓所は高いところが安心のようです。

そしてみるたびに自分のことをかんがえないわけにいきません。自分なら最期に何を見て、何を考え、何を話すのか。ともかくあんなにはなばなしかった蟬の、声も出さず苦しまぬ死に際のよさには敬服するのです。そして死とは死の過程だとつくづく思います。自分にとってもけっしてそんなに「遠い先」のことではないだけに、身につまされながら考えていたものでした。さりげなくしみじみとした印象に残る一句です。

兄の墓笑の一文字吾亦紅

金子うさぎ

これは九月の「浜風句会」の一句です。

近郊の墓苑では、天然石の形を活かし、その真ん中に一文字を刻んだ墓碑に出会います。その文字は例えば心、祈、偲、和、想であったりします。しかしここでは「笑《わらい》」。殆どみかけない一字だと思うと、この兄が決して天寿を全うして亡くなったのではないように、思われてきます。そして、だとすれば、故人の遺志でもあるだろうこの一文字から、苦難の時にこそ笑えと言ってきた兄、妹よ、悲しい時苦しい時、泣かず嘆かず、笑顔でいろ。お前が笑顔なら相手も笑顔を返す。そこからまた力をもらって、つよく生きろと、ことあるごとに自分を励ましてくれ、無念のうちに亡くなった兄の声が聞こえてくるようです。墓前に供えた吾亦紅が笑い、歌うように風に揺れています。

と、ごく自然に読めますが、兄の、墓碑に刻んだ「笑」の一文字の重さをうけとめるには「吾亦紅」が別の言葉の掛詞としても読めないか。ワレモコウを「我も乞う」＝「わたしもまたそう生きたい、お兄ちゃん、いつまでもわたしに力をくださいね」＝と読むならばどうでしょう。「兄の墓　笑の一文字　我も乞う」

こう読んだ時、「兄の墓」と向き合う作者の想い、この兄妹の格別に強い絆がしのばれ、それと呼応する、作者の気持ちにふさわしい、語りかけるような吾亦紅の花の姿がよりあざやかに見えてくるのではないか。

これもこの句のひとつの読み方でありましょう。

死を詠んで情に流されぬ、端然として格調のある一句です。

初心者の鑑賞──二〇一五年八月のメモ

これは初心の私が試みに、自分のためにメモ風にかいておいたものである。「記録」として書いておく。

俳句を始めて二年。俳句初心の鑑賞者は誰よりも注意深くあらねばならない。俳句評論家や俳人の深い読みを畏れなければならない。しかし勘違いはなるまい。玄人うちの読みがその句の値打ちを決めるものではないことを。俳句は万人が作りうるものだが同時に万人が読み手なのだ。その最後を決めるものはこの読み手としての万人でありそれは俳句に縁のない普通に生活する人々である。

友人にいつか「現代俳句の秀句」の何句かを送って感想を問うた。彼から「途中まで読んだが考えるほどに頭が痛くなってやめた。俺は俳句はだめだ」と言ってきた。

おやおや、普通の人が頭が痛くなって自信を失わせるようなものが「現代俳句の秀句」なのかと考え込んだものだった。だがこれもまた一つの現実ではなかろうか。

この長きにわたる深い溝を埋めるためにあらゆる努力が今なお求められている感がする。俳句鑑賞を玄人の専有物にしてはならない、そうしなければ俳句はこれからも人目につくはずなのにその地下に掘られた狭いトンネルを歩き続けなければならぬだろうなどと思ったものである。

しかし、おのれもまた未曾有に異様な奇形的な、このまま行けば未来の滅亡がこれほど明瞭な現代に生きている一人の生活者を自覚して、その現代をわずか十七文字の俳句に表現しようと、非力を覚悟で営々と努力している人々がいることもまた確かなのである。ささやかな結社であろうが、ものの値打ちはその大小や有名無名になんの関わりもない。それが、あるいはその一つが「白」という結社とその俳句誌である。私はそう信じている。

これから句歴の浅い私が一人の普通の生活人として俳句を句誌「白」を舞台に読んでみようと思う。独断と偏見、読み違えや見当外れもあるだろう。最大限の寛容をもってご容赦願いたい。ひとつの読み方として受止めていただければ幸いである。

このままでいいはずがない女郎花　大西　恵

誰だってこのままでいいとはとても思えない世の中。歩いていて可憐に風に吹かれる女郎花に出会うと、おもわず「ねぇ、あなただってそう思うでしょー」と呼びかけたくなる。そのときの気持ちをそのまま詠んだもの。ささやかだが語りかける人の優しさ、考えている世界の広さを読後しみじみと感じさせる一句である。

月青し戦禍戦災なんでやねん　国分三徳

宇宙から地球は青く見える。宇宙では月もまた青く見えるだろう。その宇宙からこの小さな星を見ると、あちこちで人同士が殺し合い悲鳴をあげ苦しみのたうっている。「なんでやねん！」と彼らは叫ぶ。そして毎日読み見るものから「戦禍・戦災」に関わらないものを探すのに困難な現代の地上の人間にとっても、この問いかけは切実な叫びとなって響く。この句は大阪弁の「なんでやねん！」でないとこんな風に切実で強い響きをもたない。俳句の用語は無限に多用多彩であるべきだとの見本みたいな一句。

九条の会話虚しく秋の風　　比佐　待子

「九条俳句事件」が裁判になっている。「九条」を俳句に詠むことは政治的偏向というのが理由の弾圧である。さてその人々はこの「九条俳句の会話虚しく」の句はいかがと聞きたい。ひょっとすると「守るデモ」でなく九条が「虚しい」なら可と言うかもしれない。ここが俳句の屈折。「九条の会」かなにかで憲法の話しになる。いま読んでもその九条の文言の格調の高さと疑いなさにあらためて胸を打たれる。だがこの、二〇一五年の秋の風はなんだ。それをあざ笑うかのように九条を冒涜し踏みにじるではないか。一瞬「虚しさ」を感じないわけにいかないほど強く吹き荒れる。これは決して絶望を詠んではいない。この二〇一五年九月の秋の風＝風潮への深く激しい怒りなのだ。

力まずに大すとんと秋日和　　有馬　英子

こういう句はおそらく誰も頭が痛くならないだろう。そのままである。しかしこのように生き物の人間として普通に生きていることがたとえようのない喜びでもありうること、しかも何よりも切実なことに想いをいたすことも不可欠なのだ。実は「すとんと」という表現はよほどの人でなければこんな風にストンとは出てこないものなのである。

とても「情熱的」に感じられた句がある。次の三句。

十万のかりがね不戦への誓い　宮森　碧

一二万人の国会前大集会があった。それを生きとし生けるものの共通の声と聞けば空渡る雁の無数の、一〇万を越すような群れもまた同じように不戦を叫びながら飛ぶことを「見た」と想像して何の不思議もない。雁は実際いつも何かを叫びながら飛ぶ。

革新は辺境にあり鳥渡る　飛鳥　遊子

いまや「革新」も「革命」もコマーシャルに頻発する。「革新」を政治と直結させることはない。だがそれも含めてこの「辺境」という言葉には「地方創生」などというういかがわしさへの強い拒否感覚が感ぜられる。上から金をばら撒く「地方創生」などまっぴらである。広々とした空を鳥が渡る「辺境」にこそ目をこらせ。人々は農業でも漁業でも、文化も芸術も営々として新しいものを生み出す努力をし、変革と創造のエネルギーに満ちているではないか、という作者の情熱が伝わってくる。

混沌の世へサルビアの帯紅し　岩城　順子

混沌＝カオス。世の中は魑魅魍魎の奇怪な世界に化しつつある。もやもやする気分で公園を歩いていると、咲き初めのサルビアが目の覚めるような紅色で堂々たる帯のように長く伸びている。まるでこの世と「帯」でつながって、サルビアがこの世へ光をもたらすように鮮烈にみえたというのだ。作者の情熱がサルビアの紅さと感応するのである。

ささやかな風景のなかに強い思いをこめた、しかも心安らぐ句である。

不揃いの切り干しありし母老いぬ　古谷　あやを

南瓜切る明日は箸おき二人前　島田　啓子

山茶花や小さな暮らしより嫁ぐ　かわにし　雄策

指なぞるメロンの網目から海へ　西本　明未

これらは「切り干し」「かぼちゃ」「山茶花」「メロン」という「季語」の力が生きている。読み手はまず自分のこれら季語からの想像力をさまざまに拡張してみる。そしてこのあとにこれらの句を読み直すと、作者たちの俳句を詠む力量を深くかんじることだろう。「歳時記」の例句としてやがて載せるに値する句である。

秋窯や出来の良し悪し欲のあるなし　有村　飛雲

よく分かる風景が目に浮かぶ。俳句で「余情」というがそれは湿っぽい情緒とは違う。一つの句で一つの風景と人間が思い浮かび、そこに想像の余白が生まれればそれが余情、読後の余韻だと思う。この句は欲得づくめの世の中で秋の窯にむかう人を詠む。このいわばあっけらかんとした表現のなかに私は深く余情を感じるのだ。

秋澄みて直球で来る子らの声　　　太田　洋子

これもよく分かる風景である。ここに余情が生まれるのは、「直球」という言葉にある。いまやフォーク、シンカー、ツーシームなど外国語の球種が頻発する。手練手管の輩も同じようなものだ。しかし子供が澄んだ眼差しで声を張り上げ遊んでいると、その声がこちらにも歪みなく真っ直ぐに届いてくる。そのとき、その子供たちの「心の直球」を私たちはどう真っ直ぐに受止めることができるだろう。真っ直ぐな句である。

飛雲さん追悼「飛天、宙を舞えよ」

飛雲さんの突然の訃報には驚いた。いまでも浜風の句会の席で、「再婚の条件」の「第三に大事なのはセックスの相性だね」と臆面もなく云ってのける厚顔というか磊落というか、その人物のある大きさに感じ入ったことを思い出す。私など、人柄、趣味の相性は分かるが、さてセックスの相性はいかにして確かめるのかね、と聞きたかったが、ついに聞くことなく彼は逝ってしまった。その後自分でも言うように「ラッキーと言うほかない」伴侶に出会い、いかにも嬉しそうな充溢した表情が思い浮かぶ。

飛雲さんの俳句も、私にはその都度印象的なものだった。今では定かに思い出せないが、例えば自分の耕した畑の白菜を睥睨している老人を詠んだ句。また紫宸殿の左近の桜を守りつづける人を詠んだ句。最近では、アルデンテ（パスタの適度な茹で具合のこと）の言葉と、裂帛の寒念仏を結びつけた一句。句会の点数は入らない句であったが私は作者の、秘めた激情と強い意志の力を感じていた。受けをねらわない自得の道ではあったが時おりは点数の入らないことに苛立つこともあり、たまたま私だけが採ったときは「ありがとうございます」と礼を言われたものだった。

仕事の関係で長くアメリカに滞在していたようだが、ある時「アメリカ人はどんな人種かね」と聞いたら、「一言で言えば金の臭いに敏感な連中だな」、金への嗅覚、金があると見れば群がってくる、ということを聞き、なるほどと感心したものだ。そして、今では同じように「拝金社会」と化した日本だが、この国の文化の伝統はかつて金ではなく、梅や野の花の香りにこそ敏感な民族であり、そこから和歌や俳諧が生まれたこともふと思い、飛雲さんの中の俳句への、強い執着の根っこをみたように思ったものだった。

　虚弱体質の私など及びもつかない海の遊びや海外旅行、またプロといってよかった芸術家でもあった。俳句を含め作品は残されてある。それらに触れ見ることができる限り「有村飛雲」という、柄の大きく、あるかけがえのない格調を持って生き抜いた人間は私たちのなかに生きつづける。万感をこめて哀悼の意を表する。飛雲さんよ、今こそ「雄々しい飛天」となって心おきなく宙を舞えよ。さようなら。

俳句・さよならの合図——有村飛雲の二四句

俳人・高柳重信（一九二三年生まれ、八三年没）の青春は戦争真只中だった。二〇代の「何も始まらないうちに、何もかもが終わってしまいそうな」時代の中では、青年にとって「俳句は（生きる意味のために）非常に切実な何か」だった。やがて戦争は終わった。辛うじて生き残った青年たちにとって、今度は、生きていることがうそ、幻のように感じられ、「明日が死であることの方がはるかに確実」に思えた。その頃の高柳にとって「俳句は、僕が死んだのちにも、しばらくは生き残るにちがいない人たちに送る、いわば、さよならの合図であった」という。高柳はここから彼の「俳論」と句作を述べてゆくのだが、この文章で、私には「さよならの合図」の言葉が強く印象に残った。（高柳重信「『書き』つつ『見る』行為」・昭和四五年六月『俳句』）状況は異なる。だが、いつの時代にも避けがたい人間の生・死をめぐって、この言葉は俳句の普遍的な何かを示唆しているように感じられたのだ。

それから、受け取ってしばらくは見ることもなかった『二〇二〇年「浜風」句集』の冊子を手にとり、去年九月に亡くなった「有村飛雲」のページで目が釘付けになった。一月から九月までの計二四句。亡くなったのは九月三〇日。投句が遅れがちだった飛雲さんの九月の句は、浜風句会はいつものように第三土曜日の九月一九日だったから、ぎりぎり前日一八日だったかも知れない。つまり亡くなる一〇日ほど前のこと。それは病床からメールで送られたに違いない。そしてこの二四句全てが、間違いなく有村飛雲の心からの「俳句・さよならの合図」と感じられたのだった。

もしまだ見ていなければ、見直してもらいたいと願いたくなるほど、二四句すべてが、飛雲さんのまことに最期を迎えるにふさわしい格調のある「さよならの合図」である。一句ずつバラバラでなく一年を通しての連作として見るとき余計にあざやかにみえてくるものがある。改めて見直す俳人としての風格である。私は、選句のため句の一覧表で見ていたはずだが、こんなにも鮮烈な印象をもたなかった。いまさらに自分の俳句の読みの浅さと不明に恥じ入る。いくつかを簡単に追って見てみよう。

すでに一月から、飛雲さんは自分の置かれている現状を知っており、強い決意と意思をもって冷静に詠んでいることに驚く。

一月。一句目。

道化師のギヤロツプ速き牧開

記憶なのか画面からの連想なのか。ギャロップとは四つ足が宙に浮くほど馬が全速力で駆けること。派手な明るい衣装の道化師が喜び勇んで牧場開きの先頭を走って行く壮大な風景。二句目は、そこに自分を重ねて、励ましながら言い聞かせる。

初走り胆管がんの伴走す

俺だって、新年そうそうから元気に走るぞ、だがなあ、胆管がんが伴走者なんだよーおれは最後まで奴と闘いながら一緒に走るしかないんだよー。胸中を思いやれば、この「ユーモア」が切なく響いてくる。

一月は二句のみ。

二月の空白は、その「空白の重さ」を感じさせる。

そして三月の一句目。

医師仄めかす薄氷のごと大手術

直面する事態の重大さを、このように、ここで季語を意識して「うすらひ」のごとく微妙で危険な大手術と詠んだ飛雲さんの心胆の大きさ、太さに思いを馳せる。

四月の次の一句はまことに名句と呼ぶにふさわしい句。

田螺鳴くコロナ禍の今田螺鳴く

コロナ禍が世界を襲った二〇二〇年という年は、それぞれの個人にも稀有に特殊な生き方を強いた。志村けん、岡江久美子は骨になって初めて家族と再会できた。

コロナは、この時期に重症・重病となった全ての人々の医の環境をもかえた。入院者はいかなる人とも面会謝絶。こんなことはかつてなかった。大手術のあと、普通なら家族を始め、親しい友人たちもベッドの回りを囲むこともあろう。だが、それは一切ない。患者は徹底的な孤立を強いられ、そこに飛雲さんも置かれた。唯一の交流手段はメールだった。

飛雲さんが再三、コロナ禍と言うとき、たんに新感染症という病としてのコロナではなく、突然襲いかかってきた時代の現象としてのコロナのことだった。病室から見る街路に人通りなく、見舞う人も来ない、閉じられた病室にひとり全く孤絶された境遇におかれた自分の姿のことだった。それは強烈な時代認識であった。

外にも部屋にも音はない。森閑とした夜、ひたすら耳をすます。そのときひそかだが明瞭に、心の中に、耳の奥底に、聞こえる声がある。「ああそうだ、子供のころ田んぼを泥まみれで遊んだとき。稲田のなかの田螺の足跡。その田螺の鳴く声が聞こえてくるー」。コロナ禍だからこそ、鳴くはずもない田螺が心の中で鳴く、いま強く、遠く、田螺が鳴くのが聴こえるんだよー。「田螺鳴く」の語を畳みかけるこの句は、痛切なみずからの「いのちの声」を必死に聞こうとする飛雲さんの昂揚する姿を浮かび上がらせる。くりかえす「田螺鳴く」の季語があざやかに生きてよみがえり、動き、鳴き、鳴きつづける。

五月はとんで、六月の一句。

梅雨晴間体操第一赤、白、黄

大手術のあと、回復へのリハビリが始まる。回りの人たちの色とりどりのシャツが梅雨の晴間に鮮やかだ。体と気持ちに希望を抱く一瞬だった。

八月の一句。

仰臥して空へ逃避の夏座敷

ベッドに「ぎょうが」して寝る。本当なら「夏座敷」とは風通しのよい畳の部屋。それが不可能なら、逃避と言われてよし、せめても空へ飛びあがり、その浮遊の感覚のうちに「夏座敷」を味わおう。

九月が来た。死は一〇日後に迫ってきていた。どこかで、なにかが感じられたのか。

道端の盆供の跡に肯きぬ

ここでは音はおなじだが「頷く」ではなく「肯《うなず》く」。道端にみる、だれにもふつうにある人間の死を受け入れようとする広い心、肯定する気分。飛雲さんの心の葛藤と変化のありさまが目に浮かびこころに沁みてくる。

南禅寺よくぞ来にけり新豆腐

京都の古刹・南禅寺（臨済宗）からはるばる届いた由緒ある新豆腐。それは弱りつつあり、最後へ向かって確かな舌触りを求めていた飛雲さんの体への天からの新鮮な贈り物であったに違いなく、どんなに嬉しかったことか。食う喜びは生きている実感であった。

そして次が最期の句となった。

コロナ禍に秋思のゆとりなかりけり

この初め五字の「コロナ禍」も二〇二〇年という自分が置かれた時代の認識をつよくうちだしているのであり、また「秋思」とは特別に強い季語であり、それはすなわち俳句を指しているのである。語の意味の「秋思」に重ねて、ここには、「ああ、もう俺にはついに俳句を詠むゆとりもなくなってきたよー」の声が聞こえてくる。

この句が二四句の文字通り最期の句、いわば辞世の句になった。最後の「さよならの合図」になった。

以上、私はただ飛雲さんの「俳句」だけをたよりに彼の「最期」を追った。私は彼がどこに、どのような状態でいたのか、一切の具体的な情報を知らない。今も何も知らない。ただ正面から飛雲さんの遺した「俳句」だけに向き合ってみた。二四句のなかのわずか九句だけなのだが、なんと多くのことを飛雲さんの「俳句」は私に語ってくれたことだろう。

そうして私がここで言いたかったことは、人間が死を意識し、それに向かってゆくときの心の動きを、むしろ短歌や散文などよりも、端的簡明にするどく、要点を生き生きとかつ余韻をもって人々に伝えうるひとつの文学として、俳句というわずか十七文字の短詩型が持つ力強さ、奥深さというものを、あらためて実作品から学び、思い知った感がするということである。

辞世の句は、子規はもとより著名俳人に少なくない。しかし、市井の無名の「白」同人・「浜風句会」の俳人・有村飛雲の「二〇二〇年の作品集」は、そのことのひとつのあざやかな例証として輝きを放つものであると確信する。

飛雲さん、あなたは文字通りすぐれた俳人であった。あなたの「俳句・さよならの合図」は確かな声として私たちに聞き取られ、長く記憶に残り続けるだろう。ふたたび心からのご冥福を、改めて祈る。

やがてこの「浜風ブログ」に飛雲さんの二四句すべてが紹介されることを願う。

〔二〇二一年一月三一日〕

一茶そして千曲山人

ふと一茶句集・「文化前期」（四二歳から四六歳まで）を読んだ。解説に「貧苦、孤独、自嘲などの境涯句も切実な響きをもち、俗語や擬態語の頻用もこのころからである」という。（一部平仮名にした）

元日やわれのみならぬ巣なし鳥
一村はかたりともせぬ日永かな
蝶とぶやこの世に望みないように
梅さいてひときわ人の古びけり
身の上の鐘と知りつつ夕涼み

などが印象にのこる。
一茶について同郷・信州の歌人、窪田空穂はこう詠んだ。

もの言えばおのが上のみ言い出でつあわれよろしや信濃の一茶

俳句を作れば一茶はなんでも自分の身の上、境涯をかたるのだが、ああ、それでいいではないか、それが信濃の人というもの、一茶はまぎれもなく信濃の人だもの、というのである。

そして、知る人ぞ知る俳人「千曲山人《ちくまさんじん》」もまた生粋の信濃人であった。私は彼と一九八九年から二年ばかり都内の同じ単身者マンションで隣同士として住んでいた。

かれは、これも知る人ぞ知る戦後の大謀略事件「松川事件」のいわば「長野版」というべき「交番など爆破事件＝辰野事件（一九五二年）」の犯行首謀者として追われ逃走し留置され、それから高裁で無罪判決（一九七二年）まで二〇年間裁判闘争を闘った「不屈の闘士」だった。

毎日のように顔をあわせ、たまには酒を飲んだが、やや小柄にしたレーニンが信州で農民であったなら、このようであっただろう風貌と眼光をしていた。怖いものなどなかった。豪放磊落とはこのような人間だろうと思わせる風格があった。

夫人が歌人であったこともあり、信州にいた頃から俳句には強い関心があり、上京して「新俳句人連盟」に参加した、やがて辻桃子に共感し「童子」に加わった。「童子」で水を得た魚のように、めきめき頭角を現した。

そのときの生き生きとした挿話が句集『信濃』に寄せた辻桃子の文章にある。句会では、火にあぶって蜂の子をとったこと、生きた兎の脳味噌を食べていたことなどを紹介したあと、辻は書いている。

「私は、俳人・千曲山人という前に、友達として、こんなに優しくて、あたたかい千曲山人に出会ったことを感謝している」

ただ隣人としては、たまたま山手線で一緒になるときは閉口した。吊り革をつかみ背丈一五〇センチほどの彼は私を見上げながら「ここだけの話だけどさぁー」と切り出してきわどい「ここだけの話」をするが、持ち前の信州の農民出身の闘士であるから、声は低くてもドスがきき響き、静かな通勤車両の一両全員が耳を傾けることになる。それから私はせめて電車では一緒にならないよう避けるようになった。

そのうち第二〇回原爆忌東京俳句大会（一九八九年）で「ごろり昼寝ごろり水爆横にいる」が、金子兜太の特選を得て注目の「新人俳人」となった。

第一句集『信濃』は、俳句歴二年余の新人句集としては見事に充実したものである。帰郷してからは同郷の俳人・一茶に取り組み、その評伝を何冊か出版した。やがて認められて「多喜二・百合子賞」をもらった。しばらく年賀状の交流はあったが、途絶えた。亡くなって八年になるが、最近かれの句集「信濃」をふと取り出して眺めている。

いい句を作っている。

春天や鯨ぽつかり出てもぐる
一村の一大傾斜花杏《はなあんず》
鷹一つ天空にあり自由なり
房事過多一茶薬を掘りし野よ
タンクトップ三十年の妻に買う

ながくなるのでやめるが、その後かれの代表句にもなった「ごろり昼寝ごろり水爆横にいる」については、はじめて私に言ったのは「水爆」ではなく「原爆」だった。私は当時俳句に全く関心がなかったが、それを聞いたとき、どきりとして俳句の可能性を妙につよくかんじたことを覚えている。

一茶が六五歳で死んだ一八二七年、ドイツで生まれたマルクスはもう青春の入り口の一〇歳になっていた。

二

『現代俳句集成』（河出書房新社）を読む

（一）第一〇巻

『現代俳句集成　第一〇巻・昭和Ⅵ』は戦前から戦後を通して俳人だった一八人のもの。石橋辰之助（戦後新俳句連盟創立、いまに続く『俳句人』の創刊者）、青木月斗、上村占魚、石田波郷、橋下鶏二、秋元不死男、高柳重信、野見山朱鳥、古沢太穂、榎本冬一郎、山口青邨、高木晴子、佐藤鬼房、高橋淡路女、原石鼎、篠田悌二郎、篠原梵、石塚友二。知らなかったのは青木、榎本、高橋である。

一頁に二二首で三五〇頁だから七千句はあろう。よくぞ、なんと言うこともない俳句をこんなに矢継ぎ早に作れるものだと感心、呆れる。多分おおくが俳誌や句会のために、ともかく字を並べたものだろう。中にたまたまいいなと我ながら思えば言いわけで、読む他人の苦しみややるせなさなどはお構い無しである。悪口などではない。かなり有名な俳人がいるが、私など一向に印象に残らず、むしろ、嫌な感じさえ感じる俳句が結構ある。では七千句のなかに全くなんの印象ももたないかと言えばそうではない。私の選句は全く素人じみているのだが、それを承知でそのいくつかをあげておこう。有名無名に関わりはない。句集の推薦者（これがまた名だたる俳人宗匠であるが）があげる俳句はほとんどどうでもいいようなもので、暇老人の戯れ言にも見える。引用に足るものを書いておく。

綿虫やそこは屍の出でゆく門　波郷
曼殊沙華散るや赤きに耐へかねて　野見山
かなぶんぶ男女の闇をとびまはる　榎本
蟻の列丸刈り頭暑からむ　榎本
マスクの白さ同僚とは相憎むもの　榎本
人妻の風邪声艶に聞こえけり　高橋
コスモスの花はあれども冬の空　石鼎
降るものの雪の中なる薄紅梅　石鼎
蟻の列しずかに蝶をうかべたる　篠原
花菜畑人もかがやき入り来たる　石塚

などくらいである。榎本とは長く警察官だったようだが、感覚は鋭く太いと感じられる。三句も採った所以である。

(二) 第一一巻・昭和Ⅶ

この巻は有名人ばかりである。橋本夢道、能村登四郎、水原秋桜子、上野泰、加倉井秋を、虚子(「六五〇首」)、藤田湘子、鈴木六林男、永田耕衣、桂信子、及川貞、中村草田男、波多野爽波、日野草城。四〇〇ページだから八千句を超える。これを斜めにとにかく読む。

ほとんど気持ちに響いてこない。世間的に有名な俳句、例えば、虚子の「人生は陳腐なるかな走馬燈」、桂信子の「窓の雪女体にて湯をあふれしむ」などがある。日野草城の「うぐいすや国政やや明るみて」、藤田の「白桃や放射能雨の夜の冷」、六林男の「トンネルに嬰児の叫び確かなり」、永田の「鮒釣る人水を釣る人寒風吹き」、桂信子の「欲情やとぎれとぎれに春の蟬」なども、まあ、なるほどと思うが、一番感心したのが、ほとんどなにも知らなかった「及川貞」の句であった。

その前に、なにか思わせ振りの楠本憲吉の、桂信子について書いた「解説」の最後の文章が妙に気になったから引いておく。

「その帰途、私は八重洲口からぶらぶら歩きながら、桂さんと私のつきあいは一〇年もの間、只純粋に俳句のみによってつながれていたのだということを今更ながら認識するとともに、そのことが良いことか悪いことかの批判は別として、私の人生にとってはまことに珍重すべきことであるに違いないと、自分に言い聞かせていたのであった」(一九五五年一〇月一〇日)

これを読むと、楠本は情の激しい桂信子とは、肉慾の関係にはならなかった、そんなことは、「プレイボーイ」をもって自任する楠本にとってまことに稀有なことだったと言っているようである。外の女性はどうだったのだろうと詮索したくなる厚顔ぶりである。この告白はちと奇妙で、関係を持たなかったことがよいことか悪いことかの批判とは何を言いたいのか。この人物には確かにあれこれ痴話もあったし、あるに違いないと思わせるに充分な告白ではある。

おんなから逃げ回っていた俳人の話を読んだことがある。楠本はここで、最後まで自分の欲望の相手になってくれなかった桂信子の女としての節操について語っているつもりなのであろうか。

むき出しに自分の欲情について詠う女性は、きっと強靭で理知的なのだろう。かの与謝野晶子を思えば一番分かりよい。

及川貞は一八九九年生まれ。連れ合いは海軍士官。よく分からないが長男は戦死したようであり、大和撫子然として生きた人のようである。私が付箋をつけたのは次の句であった。

すかんぽやいくさに遠き箱根やま
ある時はものおもうまじと麦を踏む
月光も近寄りがたく浅間燃ゆ
真夜の雨ひたと蛙が声を絶つ
茱萸は実に戦没者のこと世に謂えり

この茱萸《ぐみ》の句の意味は今一つわからないが「茱萸は実に」で意味を区切ればどうか。「謂う」とは話題になることとれば、茱萸の実のあのあかあかとして成熟した重たさを感じる粒と、若くして死んだ息子を含む「戦没者」の印象は対比的につよく結びつく。茱萸の実は、私も非常に思い出深く、印象の強い野の果実である。

なかなかの端正な物言いであって、しかも情感は深い。こういう俳句は、実はなかなか貴重なのである。わりと有名な、

下るにはまだ早ければ秋の山　　波多野 爽波

も悪くないが、この『句集成』では虚子や草田男、秋桜子の句にも、とくにこれはと感じたものはなかった。もっと丹念に読めば違うかもしれないが、及川貞という俳人を知ったことが収穫であった。

（追記）

泣くわれにどこまで行くや秋の蝶　　及川 貞

これも上五で切る。散文的にみれば分かりにくいが、「泣いている私がいる」ことと「近くから遠くへ秋の蝶が飛んでいる」ことを、韻文のなかで、二つの風景として詠んでいるのである。「に」は泣く私という存在に向けて、或いは、その私にとってという方角、方向を指している。「に」の語がここでは微妙だが重要な役割を果たしている。

さて、『現代俳句集成』を一三、一四、一五巻と見て行くうちに疲れはててしまった。ここから何かが得られただろうか。新しい情緒か新しい知識か、めざましい感動か。あまりない。ただこういう専門俳人は、俳句誌が求めるままに、その時々の感慨を俳句に仕立てたのであろう。

蛇笏を見ると、俳句を文学たらしめようとする緊迫した姿勢を感ずるが、他はこれという緊迫の感もなさそうに思える。評判高い龍太はともかく、森澄雄にあまり気分が乗らない。波郷の俳句の安心性は感じるが、それはちと半端な境地にも見える。草田男は確かに詩的であろうと苦労しているが、彼は散文の方が明晰で印象深い。女流はやはり「女の性」を売っているように思えるのは私の短見であろうか。ならば、より現代の津沢マサ子などの方がよほどスッキリとしていて、余韻が残る。「思いきり」が、どの俳人にも欠けているように思える。

たかが俳句のゆえに、なんだか大仰な流派か潮流か、短歌などより多様な呼び方がなされてきた。いわく新興俳句、社会性俳句、前衛俳句、人間探求俳句、根源俳句、さらには俳人格論などという、人間論まで駆けつける羽目となった。いいのであるが、眺めると、見苦しい感じがする。金子兜太などあまりに騒がしかった。これも「俳句村」ゆえの勢力圏争いの感がなくもない。思い切りの点では、坪内念典流でよい。どうせ芭蕉は越えがたい。この百数十人が現代俳句を代表するわけだ。この何百倍の著名俳人がいるものか、計り知れない。句集を出したことがある人は多分万を優に超えることだろう。なんとも言えない感覚が残る。

飛雲さんの俳句に共鳴したのは事実で、遺言の文学的形式として俳句は最高であろう。しかし、あとは日常のあれこれの機微を詠んでも、それがなんだと言われるしかない。徹底して日々の記録、しかも社会的、政治的なドキュメントとしてなら残る歴史の意味もあろう。いま私がわずかに目指すのはそれ以外ではない。

『現代俳句集成』の中で、私など全く未知の俳人が幾人かいた。一二巻〜一五巻に四六人の俳人がいるが（龍太、澄雄は二冊の句集があるからダブる）、例えば宮武寒々、村山古郷、小林康治、三谷昭、右城墓石、福田蓼汀、松村蒼石、百合山羽公などは名前さえ、どこか遠くで聞いたかも知れないという感じである。及川貞が同様であったわけで、これでは私の知っている俳人は全くたかが知れた極めて狭い範囲のものというしかない。何も知らないのである。知ったかぶりなどできるわけがない。

それに難解な漢字表記が実に多いことにも、参った。作家にもよるが、そうでもない普遍的なことだ。俳句の中の一字をどう読むかは決定的なのであるが、それはまったく身内の問題になりおおせてしまっているようだ。

(四) 第一五巻

『現代俳句集成　一五巻』はなかなかの集成なのである。欲しくなってアマゾンを見たが「古書」扱いで、ない。古書屋を探してみるか。こういう場合は何が一番手っ取り早いのか。わかっていなければならない。いいと言ったのは、この集成の三橋俊雄や草間時彦はなかなかのものと思いコピーしたのだが、他の多くは多分どれひとつも、よく理解できないのである。何を言っているのか、解釈できない、すとんと理解できない。

本当だ。有名な句も、いざ自分で鑑賞するとなると、他人にも分かるような説明ができない。情けなくなるが、不思議なのは、彼らの難解な言葉並べを見ていると、どこからか、自分にも共通の発想があったと、思わされることである。その言葉並べに、自分の言葉並べをやってみる気になるのである。これが、あまりに意味が明瞭だと、実は、読み手としての働きかけが非常に狭くなる。ご説ごもっともと感嘆、感銘するが、真似て、何かを言ってみようという気にはならない。明晰すぎるのが考えものなのは、この辺りにありそうだ。

分かりそうで、分からない。分からないが、なんとなく分かる。どうにでも解釈してくれと、投げ出すようなところが、実は俳句の骨頂かもしれないと、今ごろになって、実感される。分かりそうで分からない。難解だが、なんとなく分かる。伝わってくる。「散文的意味」は定かではないが、俳句的な意味と醸し出す雰囲気というもの。その微妙な水域に言葉を泳がせなければならない。

さて、やはり私は未熟なのだ。何十年も俳句をやってくると、そういうところの阿吽の呼吸を、つかむのだろう。

しかし、にもかかわらず、私は誰でも分かる平明さもまた不可欠と考える。そのためには、もっとかんがえなければならないようだ。こつこつ、考え続けるだけの時間は有り余るほどある。

(五) 第一六巻

第一六巻は昭和Ⅶ編。俳人名は長谷川双魚、相生垣瓜人、相馬遷子、稲畑汀子、岡井省二、後藤夜半、野澤節子、河野南畦、細見綾子、神尾久美子、大野林火、磯貝碧蹄館、中村苑子、宇佐美魚目。結構、有

名な名が並ぶ。いくつか名前とともに思い出す俳句もある。

しかしともかく一頁に二二句も並べてあるもの、それを三五〇ページにわたって眺めながら、いまの気分に合うものを抜き出せば、以下のものとなる。

緑陰を出でてふたたび老夫婦　長谷川
死にきらぬうちより蟻に運ばるる　相生
呟ける蟬あり夜も更けたるに　相生
雪降るや経文不明ありがたし　相馬
梅雨深し余命は医書にあきらかに　相馬
春愁や遠きいくさの埴輪武士　河野

くらいなものである。宇佐美には「東大寺　湯屋の空ゆく落花かな」という有名な句があるが、あまり気持ちを打つものではない。解説のなかで、例えば飯田龍太が神尾久美子の「雪催ふ　琴になる木となれぬ木と」を作者の代表作として冒頭にあげているが、なんだか嫌な視線を感じる愉快ではない俳句に感じる。また大野林火を紹介した平井昭敏が「火を埋む　人押しのけず生きたりき」と当時、俳人協会会長であった林火の句を最初にあげて賞揚するが、これも、なんだか、このひとの尊大さを（この人をよくは知らないのだが）感じてしまうのは、私の悪い癖なのあろうか。

あとはこれという俳句はない。野澤節子もよく噺される作家だが、あまり共感はない。細見綾子は沢木欣一と結婚したことで有名だし蛇笏賞も受けているが、「豊かな人間性とあたたかい叙情」などということが、私などにはよく分からない。分からせてくれれば分かるに違いないだろうが、進んで分かりたくもない。そういう感じがする。だからこの巻では相生垣瓜人と相馬遷子が一番しっかりした俳人だという印象だけが残る。しかし実は蛇笏賞俳人の相生某については全く知らなかった人物である。情けない。

さて、ついでだから、あと五巻くらいを、眺めて印象を書き留めておくことにする。

ところで同時に借りてきたのが窪田空穂の『亡妻の記』（二〇〇五年・角川書店）と『明治の恋――窪田空穂、亀井藤野の往復書簡』（二〇一六年・河出書房新社）なのだが、あの冷静で理知的な空穂の何かを期待したのがいけなかった。こういう類いのあからさまな「恋の独白」は、ある意味で一番、その人間のぶよぶよとして手触りの感じの極めて気味の悪いものだが、やはり空穂とて例外ではなかった。こんな奇麗事を書くなら、いっそ生々しい閨の話を聞かされた方がよほど面白くためになる。変な気持ちを持った私の方が悪かった。よくぞ遺族もこんなものを残す気になったものだと、あきれたものであった。付け加えておく。

（六）第一七巻（石巻・佐々木透くんとのメールの対話）

『現代俳句集成』の第一七巻（昭和世代集）を読む。全て昭和生まれの俳人二〇名である。知らなかった人もいるから書いておく。

飴山實、川崎展宏、福田甲子雄、阿部完市、加藤郁乎、広瀬直人、大峰あきら、宮津昭彦、中拓夫、河原枇杷男、成瀬正とし、鷹羽狩行、原裕、平井昭敏、大井雅人、岡田日郎、上田五千石、友岡子郷、矢島渚男、福永耕二、である。この巻の解説は草間時彦。

これを寝ながらめくっていた。句の時代はほとんどが、戦後から昭和五〇年代までである。時代は近いが、また遠くもある。

私など斜めから読む方であるから余計に、いろんな個性はありながら、なんとも俳句の窮屈さを感じてしまう。詠む対象が依然として時代との格闘にはないように思われて仕方ない。ここで言う時代とは決して狭く、今日的な政治、社会、経済の事柄ではない。心理の背景としての時代である。強く意識された「いまの時代意識」ということである。後世も感じられるだろう「時代意識」である。

四百ページ、五千句をゆうに超える俳句をめくって、私が、気持ちをいくらかでも動かされるものを、例えば一〇句と限ってあげてみる。

海鞘《ホヤ》つくる男の苦み走つたる　川崎
子に学費わたす雪嶺の見える駅　福田
枯木見ゆすべて不在として見ゆる　加藤
蝉穴のひとつは我の死を待つも　河原
アルバイト学生としてよく日焼け　成瀬
花八つ手かたまってくる不倖せ　平井
雷の夜いきいきと古き家　大井
乞食同志ひそひそ語る夕桜　岡田
多喜二忌の崖に野鳥の骨刺さり　友岡
ブラームスばかり聴きおり夏肥えて　矢島

花冷や履歴書に捺す磨滅印

福永

一句になった。加藤の句はかなり知られたものだが、それ以外は殆ど知られていないと思う。が、この何千句かを走り読んで、私の感覚と調に触れるのはこういう俳句なのであり、ここからも私のレベルが推し量れるであろう。

「花八つ手」以下の句は、読み手の自己解釈があるだろうが、しかし外連味は感じないから私には好ましく、作者の気分が分かり、その時代の感性を感じることができる。そこで、「花八つ手」以下の句に私なりのつたない「鑑賞」を書いておく。

雷の夜いきいきと古き家

大井 雅人

読み方は、「かみなりの」で切る。続けてよどみなく「よるいきいきと」と読む。「古い家」とは日本風の、木材の、屋根は黒い瓦の建物の街並み。夏の夜、ほとんど街に灯りのないとき、激しい稲妻と雷は一瞬にして街並み全体を、ひとつひとつの家の屋根に光り輝き、建物の輪郭をくっきり浮かび上がらせる。稲妻が光るたびに、いくども古い長屋のように立ち並ぶ家は、その時を待っていたとばかりに生き生きと輝く。輝かしく見える。それが心に強い印象としていつまでも残る。古い家が「いきいき」としていると表現したところに作者の感性の鋭さがあって、読むものの心にも一瞬の光景を呼び覚ます。平易だが自然と人間の関わりについても本質をとらえている一句。

乞食同志ひそひそ語る夕桜
岡田 日郎

「乞食」とは、いまで言えばホームレス。こんな風景は昔だけでなくいまもある。河原の土手の桜並木。花見の余韻が残る夕暮れ、急いで帰るあてもない老齢の二人（同志の仲）が、夕桜の根っこで、ちびちびと一升瓶をそばに置いて飲み、なにかをぼそぼそと語り合っている。「夕桜」と言えば「上品」で「情緒的」なものを想像するが、ここでは「乞食」であるところに作者の眼目があり、それが異様なことではなく、花見では必ずみられる、時代の、庶民の普遍的な光景として共感をもって詠んでいる作者の人間性をかんじさせてくれる。

多喜二忌の崖に野鳥の骨刺さり
友岡 子郷

この「多喜二忌の」の「の」は切れ字。つまり「多喜二忌や」と言ってもよい。この句の鋭さは「多喜二＝コミュニスト」を「崖の野鳥」と比喩しているところ。多喜二は野鳥のように自由に奔放に生きてきた、しかも崖に棲む野鳥のように自在、かつ権力に対してもなに恐れることなく勇敢だった、という作者の「多喜二観」に共感する。「骨刺さり」とは、いうまでもなく多喜二の拷問による非業の死の残虐を告発することを含意している。多喜二忌を詠んだ俳句としては質のたかいものである。

ブラームスばかり聴きおり夏肥えて
矢島 渚男

これは、若い時代に「ブラームスばかり聴いて、夏痩せもせず、気力体力充実して生きていたものだなぁー」という回想。「夏肥えて」とはいまのメタボになったというのではない。「夏痩せ」に対しての「夏肥え」というもの。これは「ブラームス」という音楽の魅力に深く捕らわれた時期を知っている人とそうではない人では受け取りかたが違うから、ある意味で主観的で難解な一句に感じられる。私もまたある時期は、ブラームスの交響曲、バイオリン協奏曲、弦楽六重奏曲などの曲に、繊細、感傷的、情熱的でこころが揺さぶられてやまないような経験をしたから、例え食欲がなくともブラームスを、聴いて過ごせば、心情的には満ちあふれていたような感覚がよく分かる。分かりやすい句ではないが、分かる人は共感できる。一度、二、三の曲をじかに聴いてみるとよい。

花冷や履歴書に捺す磨滅印

福永 耕二

春の就職季節、あちこちに会社を訪問し、必ず印鑑を押した履歴書を持ってゆく。なかなか就業は難しい。私も三文判の、ずいぶん磨滅した使い古した印鑑を持ち歩いていた。この「磨滅印」がこの句のキーワードになる。しかも「花冷え」と「磨滅印」の取り合わせは、印象を対比的に強めて、自分がいかに追い詰められていた状況にあったかの光景をうかびあがらせる効果をもつ。

とりあえずちと気になったものだから、当たり前のことを言っているようだが書いておく。

花八つ手かたまつてくる不倖せ　　平井照敏

この句の解釈、鑑賞のこと。字句上の意味は「不幸が塊になって押し寄せて来るようだ」というのだが、これはそのときの作者の「気分」だからいかようにも解釈できる。そもそもどんなものでも、それを見て、その対象の「もの」の「感じ」からかけ離れていなければ、俳句にはなる。この平井の師匠が加藤秋邨《しゅうそん》という高名な俳人だが、かれの句に有名な、

いわし雲ひとに告ぐべきことならず　　楸邨

というのがある。

この場合の「いわし雲」は茫漠とした心象風景みたいなものであって、その内面の心理に向かって「こんなこと、ひとにはとても言えることではないなぁ」と述懐しているのである。このように、例えば「いわし雲」という秋の季語では、相手をあたかも空に浮かぶ神さまのような、生き物の群れのようなものとして設定して内面を語りかければ、内容によっては、しみじみとした感情を読み手に与えることができる。

私の父が、かつて私の学生時代に葉書に書いてきた句がある。これだけはよくおぼえているのだが、

いわし雲生涯かけてなにを得し　　かおる

というものだった。

といったのは、「花」でも可能だということ。薔薇や水仙や牡丹や椿や辛夷、なににせよ、花の季語では、そのときの自分の感情をぶつけて繋げば俳句にはなる。しかし、その場合でも、その花の「多面的な特徴」の一端でも、きちんと見据えておかなければ説得力を持たない。この場合は冬の「花八つ手」。天狗のうちわと言われるような大きな青々とした葉っぱに囲まれて、あの一つ一つがたっているような白い花の束。この辺でも、老舗の蕎麦屋の入り口とか、旧家とおぼしき家の庭などにいまでもみることができる。実は、この句をとったのは、私は、つい先日、この「花八つ手」の句を作ったからだった。それは

なにがあれあけつぴろげに花八つ手　　翔人

コロナ禍のいま、なんの関わりもないように、屈託なく葉っぱを広げ、花を見せびらかせているような感じを詠んだ。

ところが、平井の句は、むしろ逆に、あの花に「不幸せの塊」を見たというのだ。そう言われてみれば「花八つ手」は、その上に仏像が鎮座していてもおかしくない。なにか「不幸せ」が肩を寄せあって冬にせめて明るい顔をして咲いていると見えなくもない。そのときの自分の気分としてはそう見え、感じられたということで、確かに「花八つ手」の多彩な顔のひとつをとらえていると解釈できる。ことに優れている俳句とは思わないが、しかし、意表をつく見方ではある。それと比べると、私の場合は、ある意味で、見えたままであって、面白くはない。しかし「なにがあれ」と切り出したことで、いまのコロナ禍の時代だから、こう言っても、かなり響くものはある。普段なら何でもないが、いまなら意味が感じられるのではなかろうか、と思ったのである。しかし平凡かも知れない。

やはり平井の方が一枚上手のようだなと思って、採用したというわけ。こう書いてきて思い出す一句がある。西島麦南の句だ。

木の葉髪一生《ひとよ》を賭けしなにもなし　　麦南

（七）別巻二・現代俳論集

『現代俳句集成　別巻二・現代俳論集』（平井照敏編）を読む。以前、夏石番矢編の『俳句論集』を読んだことがあったが、これは、やや趣を異にしていて、必ずしも正面切った「俳句論」だけではない。ただ「第二芸術」論は全文が載っているから便利である、が、さてこの「第二芸術」論に面と向かって反論した論考が一編も紹介されていないのは不可解なことと言うしかない。あのときかなり大騒ぎになったことは周知のことだからである。

それに、いつも思うのだが、たとえば虚子への全うな批判的論及はない。俳句結社への痛烈な批判は、寺山修司なんかは分かりやすくしかも激越だが充分な説得力をもって語っているのだが、そういうものは排除されている。

つまり、非常な「保守性」を感じさせる。それはそもそも俳句を、思想的、理論的に「解明」などできないからである。どれを読んでも桑原武夫以上の明確さ（賛否はあるが）で俳句を語ってはいない。読めば読むほど苛立つ感じがする。論客の山本健吉、三橋俊雄にしても、なんだか迫力が感じられない。波郷の素晴らしさをみんな言うのだが、私にはいまだに、どんなに読んでも波郷の素晴らしさを感じることができない。むしろ、波郷が繰り返し言った片言、「俳句は文学ではない」「自分の言いたいことはひとつ。『短い散文で何が言えるか』である。十七文字は字数ではないのだ」「俳句はほんとうの韻文である」「俳句は生活の記録である」とか言っていたことに強く共感する。論客が実作で自分の言う通りの俳句を作れないのは当たり前である。常に、最後は芭蕉に行き着く。みんな困って、最後は芭蕉に助けを求め、また立ち返って安堵している。その点では「和歌＝歌論」より弱々しいものがある。歌論の場合は、それ自体に積み上げられた歴史がある。俳句は芭蕉以後、俳論が消える、といってよい。せいぜいそこで三百年後に子規が現れたようなものである。俳句は芭蕉を、俳句はいつまでも超えることはできない。それを、無理矢理に発展、前進させようと俳論でもがいても、所詮むなしい。芭蕉を超える俳論はこれからもでることはない。ただ俳句の未来は、悲しみ悲嘆することはない。日本の文芸として生き続けるだろう。

つまり、俳論はなんとでも言えると同時になんとも俳句は理論では説明しがたいものとして残り続ける。むしろ日本語論から接近したらよかろう。日本語が今のような日本語である限り、俳句は生き続けることは疑い無い。

こうして眺めていると、あまり余計なものを背負っていない俳人が正直なことをしゃべっている。例えば高柳重信。徴兵の時代、「何も始まらないうちに、何もかもが終わってしまいそうな環境のなかで、僕たちの世代がようやく摑みとった唯一のものが俳句だった。その頃の僕たちにとって、俳句というものは、非常に切実な何かであった」と言うのはよく分かる。さらにこう言う。「その頃の僕の俳句は、僕が死んだのちも、更に暫くは生き残るに違いない人たちに送る、いわば、さよならの合図だった」「表現の一回性を厳密に重んじてゆけば、その巧拙にかかわらず、たかだか一人の作家が百句ほども書いてしまえば、ほとんど尽きてしまうに決まっている。あとは、ただ、退屈な繰り返しだけである」ということも真理を突いている。言葉というものを考えてみれば「一人の作者が、はじめから終わりまで、一貫して自分の力だけで俳句を『作る』ことができるなどという考えは、少なくとも僕にとって、あまりにも滑稽に思われる」のである。この高柳からすれば「俳論というものは、誰が書いてみても、およそ不毛な感じが濃厚である」のだ。

また、例えば俳論家でも通用している草間時彦の正直な話の方が分かりよいし納得できる。

「わたくしは、俳句の歴史を見てゆくとき、その作品が、作者の生き方とかかわりを持つときに於いてのみ俳句は芸術の域に達し得たと見たいのである。わたくしが、俳句は庶民哀歓の呟きであると述べたのは、呟きという言葉によって、俳句とその作者の生き方を結んだつもりだった」(「伝統の終末」『俳句』一九七〇年四月)

分かりやすく言えば、「一句を読むときに、そこに作者の名があるのと、無いのとでは感動が著しく違う場合があるということである。句会などで無記名で廻ってきた句が、作者の名前が判ったときに、思いがけぬ秀句に感じることがある。そのことである。作者の人間を知ることによって、その句に背景が生まれるのだ。詩の鑑賞としてははなはだ不合理なことであるが、俳句の持つ宿命であると考えねばなるまい。――所詮、俳句は理論で割り切ることはできないのである。『俳句は文学ではない』のである。ここに於いて、俳句は作者の人間の生き方とかかわりを持つのである」

実はこういう草間は、「今日わたくしが俳句と呼んでいる伝統の詩が明日は存在しないだろう――俳句という伝統文芸は次第に沈み行き、やがて、近代の波のなかに没し消えるであろう。――明日の詩には期待しているが、明日の俳句には絶望しているのである」とも言っている。

草間はほんとうの本音を文章の最後に書く――「たった一句でもよい、自分の俳句が古典として残るならば、それで、生涯を賭けてきた甲斐があったというものである」

しかし残念ながら、いま私は草間時彦の俳句の一句も、知らない。隔靴掻痒のあれこれの「俳論」よりも、この草間の言い分に、私などは、ほっとするのである。俳句は一人称の自分自身の呟きであって、人間は人間としてあらゆることを感じうるのであって、それを俳句は表現するものなのであり、したがって、知識人であろうとなかろうと、誰にでも、その人なりに開かれているものなのである。

それ以上に言いようがない。

西芳寺の句屏風に「苔寺の苔を啄む小鳥かな」という凡作が飾られている。飯田龍太が、「凡作だけに『虚子』という署名がどっしりすわって見えた。虚子その人がそこに居る感じ」と言うのであるが、よく分かる話である。しかし、俳句でなくても、詩でも文章でも似たようなことはごまんとある。工芸品だけではなく、文芸にも贋作がありうる所以である。

そして付け足しておけば、龍太が偉いのは、虚子の名前の重さを語ったあとに、そう言っておいて、次に虚子の「遠山に日の当たりたる枯野かな」を秀作として、「これに名はいらない、それに虚子と署名があったら風景がぶち壊しになる」と言って、結局、俳句は無名がよく、そこにおいて庶民の永遠の文芸だと言い進めていることである。桑原武夫が「第二芸術」以後あれから二五年後に書いた一文（「桑原武夫全集」にある）が「私の心に深く染みた」と言い、「俳句（俳壇）の実状は本質的にいまもなにひとつ変わっていない」「だが私は実作者のひとりとして、それでいい、それでこそいいと改めて痛感する」と断言する。「俳句は本来、名を求める文芸様式ではないのだ。作品が愛誦されれば、もう作者は誰でもいい」。ただそのためには目的や結果を忘れて懸命に努力することが求められる、と言う。

こうして読んでみると、龍太が、最後の「自選集」に苦しみ、二五句迄とし、最後は一五〇句に収めた気持ちが分かり、七二歳から亡くなる八六歳まで一切俳句を発表しなかった思いが、どこか、深く、重く感じられてくるのである。

私は私流儀であと何年か呟き続けるしかない。

（追記）

波郷の『胸形變』、石塚友二『光塵』をわりと丹念に読んでみると、なるほど、この「鶴」の俳人の俳句力がよく感じられる。まったく十七文字で表現することを苦にしていないところが、私などには真似のできない俳人というものの底力であろうか。敬服する。あまり軽々に批評すべきでないことも、知る。私など、全くの思い付きの俳句であるから、一貫した俳句における思想性が見られない。足元がふらふらしているのだから、大きなことは何一つ言えない。

友二の句

七十の爺がかしらや早苗取

火器兵器措き種籾のこと計れ

ふり仰ぐ裸木ぎよつとなまめかし

波郷も、読めば、その息遣いが聞こえてくる。飛雲さんもいい句を書いたが、やはり波郷は玄人の文人である。流れるような句調は、そうそう真似のできるものではない。これまでの感想を、かなり訂正しなければならない。

季語「夏草」のこと――「夏草や兵どもが夢の跡」

俳句の「季語」は一語を取り上げればなんということもない普通の、季節を表す言葉に過ぎないが、俳句の中に置くと実に深く豊かな発想の源泉ともなる。そのことを痛切に感じたのは、一昨年秋、平泉を旅し、義経堂にあがって芭蕉の句碑を見、北上川・衣川の風景を、その高台から眺めたときだった。「夏草や兵どもが夢の跡」の「夏草」とはこうであったのかと驚き、初めてこの句の見事さがわかった。「夏草」で思い出す風景は場所により人により千差万別であるだろう。身近に見れば「草いきれ」の季語の相を呈するし、庭に密生する草を思い出すし、星野立子の「夏草にしのび歩きの何を捕る」というのもよく分かる野の夏草の風景だ。

高館から芭蕉が見た「夏草」とは、まず広大な遠景であり、その真中に葦の原が風になびいてうごめく草原というべき風景だった。そのとき、その北上川に沿って、まるで軍勢のように葦の原と草むらが感じられたとして不思議ではない。つまり、この「夏草」とは実に荒々しく人間的な叫びを発する蠢きに見えたのである。たしかに目を凝らして河の流れと川沿いの草むらと木々を見ていると、実感としてわかる。そうして「奥の細道」を読んで、やや大げさに感じられるかもしれない次の文章が実に切実な感慨として胸に迫ってきた。

「高館に登れば、北上川、南部より流るる大河なり。衣川は和泉が城を巡りて、高館の下にて大河に落ち入る。泰衡らが旧跡は、衣が関を隔てて南部口をさし固め、夷を防ぐと見えたり。さても、義臣すぐつてこの城にこもり、功名一時の叢《くさむら》となる。『国破れて山河あり、城春にして草青みたり』と、笠うち敷きて、時の移るまで涙を落とし侍りぬ」

思わず私は憚らず、恥ずかしげもなくその碑文全文を「朗誦」したものであった。読みながら涙が滲んできた。同行の友人と居合わせた人たちはあっけにとられ、呆れていた。

追記　1

最近、「浜風」で強く印象に残った二つの句がある。

一つは、六月の

ワクチンの接種を終へり楠若葉　　濱本　寛

私は「楠」に特別の愛着があるから余計に、この「楠若葉」という季語に感心した。楠という樹木は頑丈でスックとして神木ともなり、また樟脳の原料としても知られる。その高々と伸びた楠の若葉を見上げたときの感情を、社会的な出来事であるワクチン接種を受けたときの自分の素直な感情と繋げた感覚に感心した。ここにはなんの外連味もなく、ごく自然に素直にいまの時代の風景が詠まれている。なるほど季語の位置と想像力が的確であれば、句は力をもつのだなと思ったものだ。

二つめは、九月の

ツヤツヤの南蛮を手に思うアフガン

原田 えつこ

いまこのときも、アフガンの人々、むろん子どもたちも、激辛の生の唐辛子をぼりぼりかじりながら、日々の飯を食っていることを知らなければならない。この最貧国に対して、世界の超大国アメリカが、途方もない戦費を使って、二〇年にわたり爆撃、侵略してきたことの意味と結末とはなんであったのか。この目のそむけようがない同時代の風景を、わたしたちは見ないふりをすることはできない。この句は「ツヤツヤの南蛮」（秋の季語）をアフガンのいまへと想像力を広げた。亡き中村哲医師の姿も思い浮かんでくる。「南蛮」という季語によって世界の風景を切り取った。その視野の広さと感覚の鋭さに敬服した。

ふたたび、芭蕉の句の「夏草」の季語の力というようなことを考える。そこでは「夏草」が大きな歴史とその中の兵士の群像にまで広がっている、それは季語の想像力の極限を極めたもののように思えた。そう思ったのは、ブログに書いたように、実際の風景を見てからだった。それまでは、私はあの「夏草」を、茫々とはしているが、ある平坦な土壌の上の草と考えていた。しかしそうではなく、北上川という大河に沿って蠢くように連なる壮大な草叢を見たとき、それを「夏草」という季語で表現した芭蕉の季語感覚に圧倒され、感銘した。普通の人は、あの風景を「夏草」の一言では言わない、言えないだろうと思ったものだった。

季語とは、かくして際限なく深く広いということである。

追記　2

ドナルド・キーンの『古典を楽しむ——私の日本文学』（朝日選書・一九九〇年）に、こんな一節がある。

「芭蕉の『おくのほそ道』は、おそらく日本の古典文学のなかでも一番愛されている作品ではないかと思います。芭蕉の作った俳句はたくさんありますが、その傑作の大部分は『おくのほそ道』の旅の間に作られたのだと私は思っています。

もしだれか恐ろしい暴君が私に、芭蕉の俳句のなかで一番いいものを選べ、そうでないと殺す、と言ったとすれば、私はやはり、

夏草や兵どもが夢の跡

という句を選ぶのではないかと思います。芭蕉が目の前の原に夏草の茂るのを見て、ここで戦ってここで死んだ兵士の、これが夢の跡なんだ、と詠んだものです。どうして十七の文字でこれだけ内容のある句が作れたのか、私には分かりません」

これに続けてキーンは、「音《おん》」に注目し、ローマ字の「O《オー》」の音が多いことに注目する。「つわものどもがゆめのあと」がそうである。洋の東西を問わず詩人たちは「O」の音は悲しい音だと考えていた。この句をたとえば「夏草や兵隊たちが夢の跡」としたら全然つまらない。「芭蕉は自分の俳句の音というものに敏感だったと思われます」

ここで同感するのは「音」である。だから、俳句は読む、声に出して読むことが求められる。詩ならば当然のことである。ところが現代俳句で私がぶつかるのは、私程度の読解力では、とっさには読めず、場

合によってはかなりの時間をかけて調べなければ分からないような語句が、少なくないことである。だからすらすら読めないことが実に多い。

さらに「音」に極めて敏感とは言えない句が実に多い、大半と言ってもよい。まずは声に出して自分で読んでみる、舌頭千転と言われることである。もちろん私は全くできないのだが、飯田龍太がこう解釈するのはなるほどと思う。

「『舌頭に千転す』ということばがある。芭蕉のころは、幸い紙というものがたいへん貴重であった。まして、活字など想像外のこと。したがって書くまえに、おのずから胸中に定まるものを待った。そこに短詩独特の調べをもった美しい詩品が宿った」

春の季語のことなど

ある日、石巻の佐々木透くんに突然問われて思いつきに返事を書いた。

春の季語か。ふと思い出すと、春寒、余寒、花冷え、薄暑、雪の果、終雪、別れ霜、春嵐、春荒れなどかな。あまり意識しない。

最近、よく知らない俳人(恐るべき数だ)の俳句を見ているが、花鳥風月を詠めば、無限にあるものだ。しかし、ハッと胸に来るのは少ない。疲れる。

そこで「春」というから色っぽい「春色」の方面で、拾ってみようか。

兜太の有名な句、

　　華麗な墓原女陰あらわに村眠り

奥深い村の昔の日常風景として「女陰あらわにおんなが眠る」ということは分かる。が、立派なお墓を持ち出して、わざわざこういうふうにいうことの意味が私には分からない。多分、分かる人にはごく簡単に分かることのようにも思える。ネット評ではみんな、余計難解なことを言っている。

八木三日女、

満開の森の陰部の鰓呼吸

実はこれ、この人が、森の中にある水族館を見学した。森の日陰の向こうに水槽があって、鰓をハクハクしている魚を見て詠んだもの。ところが、森の「陰部」（意味は緑陰と同じもの）が「アレ」と読まれて大騒ぎになり、一躍この女流俳人とこの句が脚光を浴びてしまった。それから方向性が違っていったようだ。言葉は微妙で難しい。一語でまるで違う風景になりうる。千曲山人の先生、辻桃子はあっけらかん。

春はあけぼの陰《ほと》の火傷のひりひりと

他に、目につくところだけをひろうと

睡る手がペニスを握るかたちせり　江里　昭彦
水際に兵器性器のおびただし　久保　純夫
父の陰茎の霊柩車に泣きながら乗る　西川　徹郎

こんな現代俳句はざらにある。有名有力俳人だ。わからぬわけもないが、それをそこはかなく匂わせるのが伝統だったのが急に露骨になった。分からない。

平安期の今様歌（いまの歌謡曲みたいなもの）『梁塵秘抄』や一六世紀の『閑吟集』は、およそ男女のあれこればかりの歌。これを節をつけて歌ったり舞ったりして遊んだ。遊女とはその芸人の呼称だった。万葉集以来、日本の歌はすべて問答歌が主流。それはいまの歌謡曲、演歌、ポップスでも同じこと。伝統とはいえ、もうすこし上手に言えぬものか。

宇多喜代子、

遠き日の男根なぶる葉月湖

※「葉月」とは八月

「遠き日」に「なぶる」。個人の体験なのか、昔、古代のことなのか。案外単純なことのようだが、どうも男根をいじりまわしていることの位置が分からない。ご教示願う。

高野ムツオ。これはお手上げ。ご教示願う。

ヴァギナのなかの龍《ドラゴン》旱星

※「日照り星」とは夏の星

三橋俊雄は俳句で相当な艶話を書いている。私はこの二句をそういう艶っぽい句と読んだ。

晩春の肉は舌よりはじまるか
鈴に入る玉こそよけれ春のくれ

有名な桂信子の句に、

窓の雪女体にて湯をあふれしむ

この句の「評価」は確定しているようだ。つまり寡婦が雪の夜、わが女体をつくづく愛おしみ、あふれる湯音を聞きながら、いくらか色っぽい物思いにふけっているというような。

ところが私ははじめからこの句はとてもユーモアがあるなと思った。そもそも私のいう「女体」とはすなわち「ルノワール」なのだ。むかし、桶の風呂だから、うちなんかでは、母親が入るとざばざばと湯が溢れ、次の人は困ったものだ。「ルノワール」の冬は特に太る、体の脂肪は増えて、風呂に入ることは、体重計に乗るように、自分の太り具合をはかる目安だった。よく母親は風呂から上がって「あら、また太っちゃったわ」などとこぼしていた。桂信子も、あふれる湯に、そんな思いを抱いたのではなかろうか。「あらまた太っちゃったわ、食べ過ぎなのかしら、ストレスかしら」などと思っていて、しかし、一応俳句とするためには、ある「思わせぶり」も不可欠だからこう詠んだのではないだろうか。案外、この即物的解釈のほうが真実に近いかもしれない。何でも深刻、深遠にうけとることはない。こちらの願望を押し付けるものでもない。書き手も読み手も自由なのである。

次に加藤楸邨を見てみる。別に研究したわけではないが、やはり楸邨句は味わいがあると私には思える。

野のネギは太く白く曲がり二股になっている。日に当たると艶ある白さが際立ち、色っぽく、おんなのくねった脚のように見える。はっとして前夜の閨中のことを思う。からみあうときの、あのたがいの言葉にならぬ語は皆、忘れてはいない。はっきり覚えている。簡単には言葉にはできない声が飛び交ったものだった。あれは、昨日のあの一瞬の言葉や声でよい。また次の一瞬が繰り返されよう。また閨中の語と声が発せられる。いちいち覚えておくことでもない。

「閨中の語」とはいつも、その時どきが新しい。前夜のことはわすれるべきなのだと、楸邨はここで思いおこしながら、自分に言い聞かせているのである。

日さす葱閨中の語はみなわする　　楸邨

草田男の、

妻抱かな春昼の砂利踏みて帰る　　草田男

有名な句であるが、男まっさかりな草田男の赤ら顔、急ぐ砂利音を想像すると、案外滑稽の感もする。明治神宮の砂利道を何度も急いで歩いたことがあるから、その気持はよく分かる。

まぁ、自分の言葉になっていればなんと言おうと勝手自由だが、地に足がつかないと浮くばかりだろう。案外、鬼面人を威すを狙った俳句も結構多いものだ。

あまり考えていると俳句は疲れる。内面の己の片言に疲れるものである。

瀬戸内海の釣り

中学・高校時代を高松の海の近くで過ごした。山奥から海に来ても釣りが何よりの趣味だった。初めは竹竿で近場の岩礁を歩いた。虹色の美しい流線型の魚がどんどん釣れた。ベラだった。ベラは雄がいなくなると雌の中から雄を作る面白い魚だ。

やがて堤防から釣るようになった。下の岩場に竿を入れると面白いように二〇センチほどのメバルが何十匹も釣れた。大人たちは糸巻きから鉛の重りを投げて釣っていた。真似して堤防からほんの十数メートルを投げて当たりを待つ。激しく糸を引き釣れたのは三〇センチもあるマガレイだった。

冬は冷たい風が吹く。堤防沿いにはそれまでのあの懐かしい塩田に代わって、流下式塩田の飛び落ちる海水の音が聞こえた。はるかには瀬戸内海の大小の島々が見え漁船が行き交い、目の前を岡山の宇野と高松を結ぶ宇高連絡船の大きな船体が往来していた。

冬の干潮時はサンマの頭を糸にくくりつけ十能を手に岩場の穴をめぐった。サンマにワタリガニが食いつくと素早く捕まえる。何匹ものカニがとれた。

やがて「電気ウキ」ができて夜釣りにも出かけた。黒鯛《チヌ》釣りは簡単ではなかった。ある夏の夜、木材置き場の小さな湾の中で初めて電気の明るさが水の中にスーと斜めに消えた。強い力の引きで竿がしなり三〇センチもある黒鯛が釣れた。回遊魚だから間髪入れず投げると面白いように良型のチヌが釣れた。チヌの背鰭は鋭い針のようだから素手でつかんだ手から血が出た。

河口近くではハゼを釣る。ウナギも手づかみできた。砂浜では投げ竿でキスを釣った。父と一緒に沖に船を出してイイダコ釣りにも行った。餌は曼珠沙華の球根やラッキョウ。じわりと重さを感じて上げるとイイダコは決死の覚悟で球根にしがみついている。

高校の受験期、唯一心休まる場所は高松築港の岸壁だった。夜そこに座り、糸をあげると、夏は無数無限の夜光虫が空に飛び散り舞った。夏休みは毎日のように通った。今でもあの穏やかで暗い瀬戸の海と夜光虫の光の乱舞が鮮やかに蘇ってくる。受験勉強はしないで夜光虫ばかり見ていた。

あの頃、五十数年前の瀬戸内海は身近なところで豊かだった。対岸の岡山県の浜ではカブトガニが群生し私たちはその尻尾をつかんで遊んだものだった。全てが少年達の遊び場だった。

いまはどうなっているのだろう。瀬戸大橋が三本も作られ連絡船もなくなった。島も多くが無人島になりつつある。「豊かさ」とは、子どもたちの笑顔と伸びやかさが尺度だと思う。果たして今瀬戸内の子ども達は六〇年前より豊かな少年期を送っているのだろうか。

地元の句碑・長谷川かな女

浦和に住んで四半世紀を過ぎる。俳句を始めたのは七〇歳を過ぎてからのせいもあり句碑にはあまり興味も関心もなかった。

浦和駅近く、中山道沿いに古い由緒ある調神社がある。「調」と書いて「つきのみや」という。おそらく地元以外の人には読めないだろう。お正月や夏祭りはたくさんの人出でにぎわう。そこにひとつの句碑があるのを知ったのは去年のことだった。

生涯の影ある秋の天地かな

いい句だなと感心した。作者は長谷川かな女とある。一八八七（明治一五）年東京生まれ、のち浦和に転居した。一九六九年に亡くなった。大正期、杉田久女、竹下しづの女らと女流俳人の育成に尽力した。夫は俳人・長谷川零余子。孫に直木賞作家で俳人の三田完がいる。この句は波乱をこえて、生涯を暮らす地をここ浦和に決めたことを詠んだもの。いまも浦和に続く俳誌「水明」の主宰だった。

また私がいま住んでいるのは別所といい、歩いて五分の所に別所沼という周囲一キロの小さな公園がある。まだ辺りが田圃だった頃は、沼で泳いだり魚とりができたそうだが、いまはジョギングコースでにぎわう。実は、あまり遠出をしない私は、そのかなり多くの俳句を、この別所沼の風景の中で詠んできた。

詩人・立原道造のアトリエもあるが、並んで、ここにも「かな女」の句碑がある。

曼珠沙華あつまり丘をうかせけり

いまはないが、むかし、辺りにたくさんの曼珠沙華が咲いていたという。句碑は立派な御影石である。全国いたるところに俳人がいて句碑がある。私のこんな近所に、地元の著名な俳人の句碑があることを、うかつにも最近まで知らなかった。
これからは、どこを歩いても、もっと丁寧に句碑があれば見て歩こうと思ったものだった。
地元浦和を詠んだかな女のもう一句。華やかだった仲仙道をいま北風がまっすぐに歩いている。

北風のますぐに歩く仲仙道

印象深い句――「一月の川一月の谷の中」など

俳句を始めて七年余、駄句を作っているが、無限とも言うべきこれまでの（といっても限られた範囲で）俳句で、常に念頭に浮かんで、そのたびにその風景と人間に思いを馳せる名句がある。それは私の俳句への「憧れ」を支えている。飯田龍太の二つの句。

一月の川一月の谷の中
山河はや冬かがやきて位に即けり

一句目は微妙なことだが読み方がある。「いちがつの」で切る、しっかり切って間をおいて畳みかけ流れるように読む。「かわいちがつのたにのなか」と。このとき、私にとって何年も通ってそのたびに深い印象を刻みつけられた雪をかむる一月の四万川沿いの川と谷の風景が鮮やかに甦る。こころが動かされる。この句には難しい評言もあるが、新しい年を四万の湯治宿で過ごしていた私には私だけの思いを強烈に普遍的な精神に昇華するような力がある。（一九七一年作）

二句目は、強く知的な香りと格調があるが、冬という自然をひきうける山河の、堂々たる霊力のようなものが捉えられている。「位《い》に即《つ》く」とは即位、位置に即《つ》くことである。冬に向かう山河にまっすぐに向き合えば、この句が全てを言いきってくれているような感覚になる。読んで心から爽快を感じ、豊かなし

かも厳粛な気持ちになる。（一九五四年作）
三橋敏雄の句、

いっせいに柱の燃ゆる都かな

七五年前、昭和二〇年の作。多言を要すまい。あの戦争だけでなく、一切の時代を見通して詠まれている。さらに言えば人類史を詠んでいる。俳人は目の前の現実を見ながら、これが人間の歴史だと言っている、と私には感じられる。最近ではあのシリアの古都、アレッポ爆撃のとき繰り返しこの句が悲痛な思いで脳裏に浮かび口をついて出てきたものだった。

芭蕉の句でもっとも感銘をうけるのは、これも無数の評言があるが、三三〇年前に詠まれて、まるで現代の人間のありさまを見通したような普遍性をつよく感じさせる一句。

秋深き隣は何をする人ぞ

これはおのずからなる芭蕉の時代の個人的な感慨であるだろう。しかもこの個性は人間の普遍性を時代のなかにしみじみと捉えている。たとえばマンションという住居で常でさえそうなのに、コロナ禍で疎遠を強いられているいまいまの現代人の感覚に通じる。

この異様な年末年始に、なんとなく言いたくなった。つまらぬ感想だがご寛恕願いたい。

（追伸）
あのブログの続き。写真を思い出したので添付して送る。四万温泉、四万川の、これは秋の風景。やがて一月、この川沿いの森は雪をかむり、雪は川にせり出し、川はいかにも冷たい清流になり、やがて行き着く先は深い谷になり、水はさらに深いコバルト色になる。

一月の川一月の谷の中　　龍太

いつかある人が、この句を挙げて「なんだ、あれが名句だって？」と笑って話していたことを覚えている。そのときはなにも言わなかったが、私の俳句への感性と、ずいぶん違うものだなと思っていた。当て付けでもなんでもなく、私はこの句、こういう俳句が憧れなんだよ。そういう言葉の境地を願っているが、とてもとても、遥かな嶺だ。単なる、単純な名詞の重なり、それが読みようによっては、心に深く染み入ってくるような俳句。

龍太自身、この句は「幼時から馴染んだ川に対して、自分の力量をこえた何かが宿し得たように直感したもの」というような、作為とは無縁な、自然そのものが見るものをそう言わしめたような所がある。この句を真っ先に評価したのが、かの高柳重信だったのはむべなるかな。佐藤鬼房も、この句を「即物非情」の境地、龍太の最高到達といって憚らない。

ここに、一月の、清冽な川の流れと、やがて深い谷に入り込んで行く風景が、人間の歴史の流れとも重なって行くと、想像を膨らませることも出来る。私はそういう想像力の中にいる人間だが、そうではない人がいることもよく分かる。

ああいう感想に共感する人がいるかも知れないし、反発するひと、抵抗感のある人もいるに違いないが、私は私である。すまないね。なんとなく重ねて言っておきたくなっただけ。

「浜風」の三句

月光に裸身を晒すはずだつた　大西　恵

昔よく言ったものです。「女が物書きになるには銀座を素っ裸で歩くぐらいの度胸が必要なのよ」。恥も外聞も捨てることを作者は若いときにはふと考えたことがありました。しかし今一つ決断できなかった。ならば月の下ならどうかなどと考えもしました。しかし、思えば、いまのようなコロナ禍では月下でも見物人が殺到して密になる恐れも頭をよぎる。

懐かしく振り向けば、そんな夢をふっと真面目に考えたこともあったなぁという、ちと悲しくほろ苦い回想の句です。

元日だみんな出てこい草葉の陰　国分 三徳

これは「元日」という従来の季語の破壊です。じつに革命的な俳句です。どんな歳時記を見ても正月はのんびり幸せ、明日への希望と活力を詠んでいます。墓参はあっても穏やかなものです。ところがこの句は正月に「草葉の陰から出てこい」と言ったことで、古池の蛙のような俳句に一大衝撃を与えるものになりました。しかもよく分かる。年配者にとって元旦は振り向くとき。スタートラインに立つものが少ないことに改めて気づく。先立つ者ばかり。せめてめでたい元日くらい諸君！　草葉の陰からぞろぞろ出てきてみんなで楽しく懐かしく語り合おうじゃないかと心からよびかけているのです。

狂うほど叫べ二月の鳩時計　　有馬　英子

一年たってこの句を読めば、この句がどんなに鋭くコロナ禍のその後を予見し、警告をならしていたかが分かります。まるで「炭鉱のカナリア」のように、「枕元の鳩時計よ、狂い壊れるほど叫び続けろ」と言う作者の思いは、やはり自らの体から心底発せられた言葉だったはずです。敬服しないわけにいきません。

三

「白」三〇〇号へ寄せて　私の一句

翔人

極秘版　解体新書　原発忌

「二〇一一年三月一一日」の原発事故は自然の生態系と集落を破壊し多くの人を「棄民」とした。国家は情報を徹底して「極秘」とした。その手法は政治、社会全般に及んでいった。これが今日と未来の、日本の問題の中心であり出発点である。その影響と無関係な風景は一つとしてない。

私は「三・一一」を、つたなくとも俳句に詠み記憶に刻みたい、ひたすらその思いで二〇一三年から俳句を始めた。私に詩的感覚はないが時代感覚だけはある。

最後までこの時代を生きる人間を詠むのが私の目標であり、この一句は生硬だが私のゆるがぬ原点なのである。

〈「白」三〇〇号、二〇一九年七・八月号〉

認知症と俳句

二〇二五年には高齢者の六人に一人が認知症になるとのこと。「物忘れ」と「認知症」の違いはそのことの自覚にあるといいます。最近読んだある医師の認知症予防の提案は「三つのかく」ことだそうです。一つは運動をして「汗をかく」。二つは知的活動として「字をかく」。三つは多くの人と触れあい「恥をかく」。それでハッとしました。ならば、「俳句こそ認知症予防最大の決め手」ではないのかと。医学的根拠があるのです。

「汗をかく」。芭蕉なんか生涯歩いてばかりいました。風景を見て感じるために私も歩きます。たまに「吟行」という長距離の集団歩行訓練も行います。「字をかく」。ともかく俳句をつくるためには字を書きます。季語を調べ、辞典を調べ、知らぬ間に相当の知的活動を求められます。

「恥をかく」。こうして恥じ入りながら作り、恥をしのんで投句します。きわめつけは句会と選句です。作品をおずおずと出して、さあ、句会とはお互いの恥をかきあう場みたいなものです。少なくとも自信がなく気の小さい私にはそうなのです。最近は覚悟を決めていますが、ともかく恥入るばかりで、時おり絶望的な気分になります。しかしここが踏ん張りどきです。退却は認知症への坂道です。

「白」の皆さんをみていると、とりわけ女性は、年を重ねてもだれもが溌溂としている。予防だけでなく、若返りと美容、健康にも役立っているにちがいありません。俳句の功徳というべきなのでしょう。

（「白」二九九号、二〇一九年五・六月号）

俳句の詠み手と読み手

ご先祖の笑わぬ写真夏座敷　　翔人

國分三徳さんは『徒然草』も引きながらこの句をこんなふうに鑑賞してくれた。
「先祖の写真が額に入れられ、座敷の壁などに飾られている様子は昔よく見られた。夏になると座敷の襖、障子が取り外されて風通しをよくし、簾などをかけて涼しさを演出するのが日本の夏の風物詩であった。祖父や祖母などご先祖の白黒写真が、生真面目な顔つきでいかにも明治、大正を彷彿とさせているのは座敷に凛とした落ち着きと涼やかさをもたらしている。

徒然草五十五段で『家の作りやうは夏をむねとすべし……あつきころ、わろき住居はたへがたきなり』とあり、日本の気候風土では家屋の暑さ対策が最優先されるべきだというのだ。『ご先祖の笑わぬ写真』がこの暑さ対策に一役買っているというのがこの句である。ご先祖の笑わぬ写真と夏座敷を結びつけた翔人さんの感覚には脱帽だ」

丁寧な説得力のある鑑賞は、まことにありがたく恐縮する。

ああ、そういう永く深い読み方もあったかと私のほうが大変教えられたものだった。それもこの句のひとつの読み方であることは言うまでもない。

作者の私はこれを、実は福島原発事故への満腔の怒りをこめて作ったのだった。現地にも行ったからテレビをみても身に沁みて分かる。

あの浪江町。立派な庭のある由緒あるお屋敷に久しぶりに夫婦が帰ってくる。避難地域で、家を引っ越すために久しぶりに帰ってきたのだった。座敷を開け放ち、風を通す。明るくなった畳の上でご夫婦は先祖の肖像写真に向かって手を合わせる。ご先祖がずらりと並んでこちらを見下ろしている。暫くして夫婦は唇を噛み締めながら座敷の雨戸を閉じる。ご夫婦は家屋とともに、先祖代々の墓の移転も決めたのだった。

再びは戻らぬだろう夏座敷にご先祖の肖像写真が残される。去るご夫婦の後ろからこの家を何代にもわたってまもってきたご先祖たちの声が聞こえるようだ。だが写真は何も語らず、笑わない。

笑うはずもない。それを見て、なんとも名状しがたい憤怒が沸き上がる。

一体あの原発事故が何を破壊してきたか、なお破壊しつつあるか、私はそれをそのときに感じたのであった。

いろんな思いをこめて俳句は詠まれる。それをいろんな角度から読んでくれる。私は久しぶりに幸せを感じたものだった。三徳さんにふかく感謝する。


〔「白」二九六号、二〇一八年一一・一二月号〕

日野秀逸教授から

次の句を見つけました。

学術の百花切り捨て寒に入る　　翔人

平明な句で、門外漢の私にも、理解できました。

平明と言えば、ロンドンにいた頃、部屋の窓から、テームズ川の中州にあるキュー・ガーデン（王立植物園）が見え、無料なので、家族で何度も出かけました。鹿やリスやウサギが棲んでいる、広大なものです。そこに高浜虚子の句碑がありました。

Even sparrows do not fear
People
Spring in this country

雀等も　人を　恐れぬ　くにの　春

何故か、今でも、記憶しています。
さて、パンデミックの関わりで、マラリアのノートを添付します。性病のノートも取っています。前に送った武田楠雄氏は、本当に凄い数学史家、科学史家で、寡作だったので、あまり世に知られなかったのですが、尊敬しています。

（二〇二一年一月二八日）

日野秀逸氏は東北大学名誉教授。医学博士。経済学博士。医学部卒で、都立大学教授、のちに東北大学経済学部長を務めた。著書多数。学生時代からの親友で、私よりちょっと学年が下であったから今でも「日野くん」と親しみをこめて呼んでいる。その学問上の見識、学殖において私の最も尊敬する学者で、なおかつその誠実な人間性と行動力に敬服、深く信頼している。この数年、大病を克服し、再び学問の一線に立たんとして闘病しつつ奮闘している。心から応援している。

自作を語ること

何年か前、一度だけ「三木句会《さんもく》」に参加させて頂いたことがある。明るい部屋に明るいご婦人の明るい表情がいまでも印象にあるが、そのときの思い出で、いまも忘れられないことがある。

選句が終わり、それぞれが出された句について意見交換する。そのなかで、これどういうことかしらと質問が出て、出した本人が説明する。

ある人の自句の説明は、私の勝手な記憶ではこんな話だった。

「瀬戸内海の遊覧船旅行したのよ。小さな船よ。ある島で降りたの。ちょうど背の高くて大きなザックを背負っている外国の人もいたのね。あたし、先に降りて、振り返ると、船着き場に、船の人かしら、島の人かしら、お年寄りが切符切りをしてるのね、タラップを降りて外国人がくると、とてもいい笑顔で、身ぶり手振りで、大きな声でしゃべってるのよ。きっとハローとかグッドラックとか片言なんでしょうが、見てるととっても親しく英語で会話してるみたいに見えたのね。なんかホッコリした風景なの。穏やかな海だし、秋の空だし、見ていて、こちらもうれしくなって、ちょっと感激したのね。なんかとっても、いい風景だなぁーと感じたわけよ。なんとか俳句にできないかしらと思って、あれこれ考えたけど、うまくいかなかったというわけです」

その体験話に聞き入ってしまった。そしてその句をもう一度見た。

切符きる爺の異国語秋の海

確かにうまい俳句ではないだろう。しかし、「切符きる爺」「爺の異国語」「秋の海」で、説明されると風景が鮮やかに浮かんでくる。記憶に残る俳句となった。

いま書いていて、申し訳ないが、そのほかの句はなんにも覚えていないが、この句だけは頭に焼き付いていて離れない。彼女の話とともに忘れがたい。

私は自作を語ることがとても大事なことのように思える。無論他人の句の批評も大事だが、他人の話を聞くことも大事だ。しばしば句会は「点数」に注目が集まるが、句会とはみんなの作品への努力を認めあい、語り合う場でもある。点数は別の句会ではまた別の結果となるものだ。大事なのは過程の努力をみんなが評価し認め合うことだ。

私は、私の俳句がそうであるように、初心者がそうであるように、思うことが充満し先行して、表現の言葉がなかなか出てこない。そこでみんな苦労する。その苦労話を交流するのが、つまり句会というものであろう。

私にもひとつの経験があった。この話の三年ほど前、湯島の句会のあとしばらくたってある人からメールが来た。

句会というものに出るようになってから、気の小さい私はとても評判、共感、点数が気になり始め、気持ちや言葉が緊張し固まってしまうような気分にはまりこんでしまった。それまでは一筆書きですませていたのだが、なんだか妙に自立一句を考えて、自分でもすらすら口をついて出ない俳句ばかりになった。

みんなの会話にもうまく入っていけなくなった。

そんなとき、句会のあとで来たメールは、句会ではいつも颯爽として揺るがず、実作でも俳句の造詣も深く、尊敬の思いをもっていた飛鳥遊子さんからだった。私の一句について、どういうことなんでしょうか、という質問だった。喜んだ私は、ちとはしゃぎすぎて、いま見ると、本当に恥ずかしいほどくどくどと、自作を説明して返した。

遊子さんはきっとあきれたことだろうが、あきれましたとの返事はこなくてほっとした。私の、消去してもよいが、あのときの記憶として、以下に書いておく。遊子さん、すまなかったね。いま謝っておきます。

「お尋ねの私の一句の件。よくぞ聞いてみる気になったものだと、そのことに私が感謝し、さすがだな（というのもおかしいが）と、内心思ったものでした。少々だらだらと書きますのでご寛恕ねがいます。

干し柿の一生《ひとよ》女の一生《ひとよ》かな　　翔人

毎年、岩手の友人から百数十個の渋柿が送られてきます。それを私はこの数年毎年自分で干し柿にまで仕上げます。ひとりの手作業です。

最初に皮をむき裸にします。柿の渋とともに強いぬめり、粘りが手にまとわりつきます。そのときの感触は紛れもなく『おんな』の肉の感触です。柿は剥かれ裸にされ『おんな』のむき出しの体となって、吊るされていきます。

最初は思いがけぬ水分の重量があり、注意しないとばさりと落ちてしまいそうです。秋の陽があたるとほんとうに艶やかな橙色がきらきらと輝いて見えます。秋の風に揺られている、そのときが一番美しい。じっと見ているとその瞬間、このベランダが鄙びた村の農家の軒下に思え、たまにアキアカネなどが飛んでくると、とても懐かしい風景のなかにいる気分になります。いつもこの時期が楽しみです。

一〇日もたつと水分は抜け、今度は黒い色がひろがりぐんと軽くなります。干し柿の形成過程に入るわけです。ひと月もたたぬうちに、色はもっと黒橙色になり、食べてもうまそうに見え、これまでなかった独特の香りがほんのりと匂います。こうして一ヶ月、風雨や日差しを浴び、耐え、当初の渋みは完全に甘味に変化し、痩せて枯れるのではなく深い香りと、芳醇な味わいをもった立派な干し柿が出来上がります。去年は『浜風』に何個か持参し賞味してもらったものです。誰かにこの味わいを味わってほしいといつも思うのです。

出来あがり、中を割って食べるとき、これはたしかにその時々を『おんなの様相』と結び付けて考えることができると思います。それはそういう『おんなの一生』へある畏敬の念を強くもたせるものだと言っても過言ではありません。

つまり、干し柿を人間で譬えて言うなら『おんな』、それもとても分かりやすい『女の一生』と言うしかありません。当初『女の一生』とはどうも小説と劇作に近すぎると思い、『女の人生』としてこれを『ひとよ』と読もうと思っていたのですが『ひとよ』と読ませるのには無理があり、『一生』にしたわけです。

一言で言えば簡単なことをくだくだと書きましたが、こうしてみるとこの一句はつまらぬ平凡なものだが、忠実な写生句なのです。ピンとこない人もあろうと思います。しかし自分で作り、見て、感じているところを十七文字にすれば、こういうほかはない。私はこの句を思うたびに、干し柿が出来上がるまでのすべてのみちのりが眼前に彷彿としてくるのです。

話は違いますが故・摂津幸彦に、

吊るし柿女陰女陰と哭きにけり

の一句があります。この句の批評はなんにも知りませんが、私はこの『女陰』という言葉になんの卑猥も感じなかった。むしろ、『干し柿』を『おんなの一生』と詠んでいた私は、ハッとさせられたものです。『ぶら下がる干し柿』のイメージと、『裸にされ万座に吊るされた女陰の慟哭』を重ねて思うとき、それはすぐに『従軍慰安婦』などに象徴される戦争でのおんなのすさまじく底知れぬ悲しい歴史、それへ向かっての摂津の激しくつよい感情を込めた告発と怒り、抗議の声と思えたものです。これはまぎれもなく時事と政治の句です。しかし『女陰』とか『男根』とは一般句会ではあまり好まれる言葉ではありません。しかしそう言わなければ表現しえぬ時もありうると私は思っているのです。

さて、つまらぬ話を書いてしまいました。どうか寛大な気持ちで受け止め、さらりと読み流して、流し捨ててくださいね。

平凡で単純で、通俗的で、本当に『月並み』でもさらに陳腐でもよいから、なにかいまの自分のありのまま（の感性）を恥ずかし気もなく十七文字にできればと思っています。それにはやはりモノに語らせること、瞬間の、刹那の、正直な感性を言葉に定着できればと思っています。七〇歳になって始めたのですから、何ができるものでもありません。ひたすらみなさんに学びながら、死ぬまで何事かをつぶやいていきたいと思っています。お元気で」

〔二〇一六年八月一〇日〕

「現代俳句」について――長谷川櫂の問題

長谷川櫂句集『太陽の門』を読んでいた。例えばこういう句が並ぶ。

地球こそ戦の星や秋に入る
福島をかの日見捨てき雪は雪
一億の案山子となつて戦ひき
焼けただれ神よこたはる夏の草
子の髑髏母の髑髏と草茂る
草むらの蜥蜴となりて生き延びつ
戦争のあとも戦争大夏木
赤黒き塊が赤子雪降り降れ
さまざまの月みてきしがけふの月

これを神野紗希という俳人が「叙事詩でも叙景詩でもなく、共同体の意識を集約した叙事詩としての俳句の可能性が拓かれている」などと称賛している。

そうなのかね？　と私は首を、つよくかしげる。これすべて評論家俳句ではないのか。おまえは一体どこに立っているのか。その眼前に何を見ているのか。めぐる回想の中に立つのも、遠くの心情を思いやるのも結構、胸中を吐露するのも悪いことではない。だが、なぜ、これらの句の言葉が軽く浮いて、浮いて、散らばって行くのか。肉体に、生の感覚に響いてこないのか。おまえはどこに立っているのかと、つよく問いたくなる。

傍観の評論家ならば、こんな言葉はいつでも、いかようにも紡ぐことができる。しかしいやしくも詩を詠む人間ならば自らの、その視覚、嗅覚、触覚などの五感の感覚を全力で動員し、その言葉を吐いた途端に、言葉に、その手触り、その皮膚感覚、胸に迫るなにか、生々しいものが宿り、それが相手にも届くものではあるまいか。

それが綺麗に、ここにはない。綺麗事が並ぶ。心からの怒りやかなしみの、感情がここにはない。一体何を言いたいのか、伝えたいのか、平板な頭で組み立てられた十七文字の理屈しか、私には見えてこない。これが俳句の可能性なら、そんな可能性は消えてなくなればよい。

情感を抑制し、たんたんと叙述することが叙事詩ではあるまい。情であろうと事であろうと肝心なのは、詩であることだ。肉声だ、感情を揺さぶる言葉だ、少なくとも皮膚に触れてくる言葉だ。ひろく時代の肉声だ。感情の共感を喚起することだ。これらの俳句に、それがあるのか。ごもっともですという以上の感想が浮かぶわけがない。

俳句とは、つまり、一緒に風景を見ているのだ。「ほら見て、この風景を。僕にはこうみえ、こうかんじられるんだよ。君ならどうだろう。君の感覚をきかせてくれないか」という対話で成り立つものではないのか。少なくとも、自然物以外の政治と社会の風景も、対話がなりたつことが俳句であることの最低限の条件ではあるまいか。

難しい俳論は実は邪魔になってもあまり実作の役にはたたないばかりか、俳句を壊しかねないと私は考えている。長谷川櫂が『震災歌集・句集』以来陥っている問題はここに関わる。いわば典型的な評論家俳句、想念俳句であって、その鑑賞は不可能なのだ。

実はこうして、好意的に見ている彼だからこそ、言いたいのであって、ひと事ではない。だからこそ言うのである。神野の鑑賞は奇妙な鑑賞である。かばいあい、作家のほんとうの苦悩の深淵を、その句そのものから見ようとしない鑑賞の典型である。

（ブログ「三木《さんもく》句会」二〇二一年一〇月二八日）

「第二芸術」論と桑原武夫の回想

桑原武夫の昭和二一年『世界』掲載の「第二芸術─現代俳句について─」は当時、きわめて刺激的な論文だった。しかしそのころは志賀直哉が大真面目に「日本語を廃止してフランス語にしてはどうか」など と議論していた時代であるから、「俳句第二芸術」論も「俳句の学校教育からの排除」もそれほど異様な主張とは思われなかった。だが、俳壇、あるいは知識人・文化人に与えた衝撃はおおきかった。

なによりも、みんなうすうす感じてはいたが、虚子（戦時中は「文学報国会俳句部会長」を努めた）を中心とする一大俳壇勢力にむかって、しかも名だたる大家にむかって、何であれ、面と向かって批判をするということは、なんとなく憚られていた。そこへ四〇代そこそこの少壮仏文学者が正面からズバリと切り込んだのであるから、大いに快哉を叫んだ人々があったこと、同時に、文学方面で唯一「戦争責任論」にかかわって内からも外からも無風状態にあった俳句界、俳壇勢力にとっては、思いがけない方向からの一撃であって、まさに驚天動地の「大事件」であったことはいうまでもない。そこにこそ、この論争の最大の歴史的意義があったことを、知らなければならない。（その背景にどんな力学が働いていたかの、様々な議論があることを承知した上で言うのである）

そして、いまなお意義があるのは、すべての文化、とりわけ芸術や文学がつねに、自由な開かれた批判と自己省察の場に置かれていなければならないということである。「俳句のことは自身作句してみなければわからぬものである」（秋櫻子）などと、はじめから口を出すなと批判を封じ込める体質がある限り、俳句界に「近代化」は望めず、そこに活気ある議論を通じての俳句そのものの文化・文学の発展もないのである。

今では「第二芸術」論は過去の問題になったと思われているようだがそんなことはないのである。

そうして、先日、ふとネットを見ていたら、こんな問答があって驚いた。

「桑原武夫の『第二芸術論』・反論できなかったのはどちらでしょうか？」

（ベストアンサー）「高浜虚子は俳句が芸術になったのだと？　それは有難い、ワッハッハと嗤《わら》ったそうです。勝負ありですね」

これが「常識」では困るのである。驚いたのは、ここで言う「第二」とは一番目と二番目という意味ではないことを、全く知らないで、あたかも大人虚子が「俳句も芸術の仲間入りしたか」と「嗤った」と、肯定的にとらえて、したり顔でいることである。「ネット世論」とは怖いものだ。

このことはあまり世間では指摘されないことだが、「第二芸術」といったのは桑原の「遠慮」である。本当は、その論文の、とくに後半を読めば分かるように、かれは俳句を「二流芸術」と言っているのである。（俳句を「二流芸術」と表現したのは桑原が初めてではない）

およそ文化でも芸事でも職人の世界でも一流と二流の差とは天と地の違いであって、一と二の数的違いではないことはあきらかであろう。ある芸人（歌舞伎でも演芸でも歌謡でも）が誰かに「君の芸は、それは二流だな」と言われたら、それはその分野にはまともな顔をして存在していられないほどの激越、決定的な評価である。一から出直してきてくれ、ということである。

すなわちこの論文を素直に読む限り、桑原は「いまの有り様では俳句は芸術の仲間に入れませんよ、埒外ですよ」と断定しているのである。それを虚子が受け止めそこなって「そうか、やっと芸術の仲間に入れてくれたのか」と喜んでいたとするなら、虚子先生の蒙昧も極まれりということだろう。それを持ってきて「勝負ありですね」などという「ベストアンサー」が大手をふってもらっては困るのである。（この話もあくまでも噂話の域をでない。虚子は「不愉快な顔をして」「第二〇芸術か」と言っていたとの確かな証言もある）

誠実で真剣な俳人、文化人は、この「第二芸術」論を我がこととして受け止めた。無論、議論そのものの単純さ、雑駁さ、独断性は明らかである。素人が読んでも、これはないでしょ、これはおかしいでしょ、という箇所がいくつも目につく。問題はそこにはない。

桑原が提起した問題の中心は、「専門俳人（一〇句）と素人俳人（五句）」の俳句をアトランダムに並べ、その優劣や見分けを周りに聞いて、その感想を交えながら、「現代俳句」の問題を率直に問いかけた、そのことにある。

これを読む人は多分「結論的」にはなにか知っているだろうが、その例として挙げられた一五句を見たこともない人はいるはずであるから、「文献的」な意味も含めて、以下に引用しておく。

1、芽ぐむかと大きな幹を撫でながら
2、初蝶の吾を廻りていづこにか
3、咳くヒポクリツトベートーヴエンのひびく朝
4、粥腹のおぼつかなしや花の山

5、夕浪の刻みそめたる夕涼し
6、鯛敷やうねりの上の淡路島
7、ここに寝ていましたといふ山吹生けてあるに泊り
8、麦踏むやつめたき風の日のつづく
9、終戦の夜のあけしらむ天の川
10、椅子に在り冬日は燃えて近づき来
11、腰立てし焦土の麦に南風荒き
12、囀りや風少しある峠道
13、防風のここ迄砂に埋もれしと
14、大揖斐の川面を打ちて氷雨かな
15、柿干して今日の独り居雲もなし

このなかの三分の二が、当時すでに評価も確立し、押しも押されもせぬ、錚々たる大家の作品だった。すなわち虚子、蛇笏、井泉水、秋櫻子、青畝、風生、草田男、草城、たかし、亜浪である。あとは無名の五人。つまり「素人」と「専門俳人」とを「比較」するということで、「専門俳人」の句そのものを正面から問題にしているのである。

これは「並の心臓」の持ち主ではとても言えない、書けないことであった。しかも当時、知識人・学生などが貪るように読み、戦後社会全般に強烈な影響力をもっていた岩波の総合誌『世界』に堂々掲載されたのであるから、その衝撃の大きさはいまでも容易に想像されることである。

私などは、ベートーベンを俳句に持ち込むのは草田男だろうし、「山頭火」的なもの言いは、その師の井泉水だろうくらいは見当がつくが、あとは皆目分からない。これを一読してすべてわかったといったのは、私が知る限り故・摂津幸彦くらいだった。

桑原は手厳しい。この一五句には、優劣をつける気もおこらず、退屈するばかりか苛立ってきた、いくつかはなんのことやら理解も及ばず、まして芸術的感興など微塵も感じなかった。3、7、10、11、13などは、言葉の意味もわからん、と。

そして、こういう「現代俳句」に鑑賞、解釈の本が甚だ多いのは俳句の「芸術としての弱点」「もっとも非芸術的手段」の多用というほかはないと断定する。

そこから、俳句の値打ちは「芸術的評価の上に成立しがたい」ゆえに「党派（結社）を作ることは必然」であり、その俗的世界における地位が、俳句の価値を最後には決める。これがどうして「芸術」の名を要求できようか、というのが桑原の結論である。

「菊作り」が芸術ではなく「芸」であると同じように俳句は「芸」だ、それでも、そんなに「芸術」の名前がほしいというなら、「第二芸術」、つまり「二流芸術」といって他と区別するがよい、と宣告するのである。

桑原の念頭には、戦争を経験した世代として、他の文化分野とは違って、戦前の大家がそのまま戦後も平気に大家の顔をしている俳壇の現状が我慢ならなかったことがある。かの文学報国会に他と違い大挙押し寄せ、入会をことわるほどだった俳句界が、まったく戦争に関わる自己省察もなく、のうのうとしていることが、許せなかった。俳句とは「社会的に何をしても作品そのものにはなんの痕跡も残さぬ」ものであり、その「世界認識」たるや話にもならぬお粗末なものであると言い切る。

さて、句会の選句に慣れている人は、一五句から何をどう選び、どんな感想をもつであろうか。試してみて頂きたい。私には、この一五句についての桑原の感想がよく分かる。何とはなく何かを詠んではいるが、何かに意図的に背をむけている感が拭えない。多くの人の感想もそうであっただろうと思われる。

そして同じような問題の提起は、かたちは違っても、いまも、将来も可能だし、必要なのだと思う。

まことに辛辣、痛烈であるが、ここから、桑原武夫教授が、自分は俳句に期待しているがこの現状には我慢できない、どうか専門俳人諸兄よ、時代はすでに大きく転換して新しい、切磋琢磨して、もっと我々の心にひびく俳句に向かって邁進、健闘していただきたいとでも言えば、よかったのだろうが、ここまで言った以上、しめしがつかなくなって、甚だ乱暴、尊大な議論を敷衍する羽目になった。言葉遣いも学者らしくなくなって、「第二芸術の封鎖も要請される」など物騒なことをいう事となって、要らぬ反感を買うこととなった。ともかく、ことは「虚子先生に軍配」などというものではないことを、知っておく必要がある。

最近になって『桑原武夫全集　三巻』（朝日新聞社・一九七二年）で『第二芸術』の二五年後の回想記を読んだ。そこで桑原は書いている。

「（『第二芸術』の出た昭和二一年から）数年後、ある会で西東三鬼さんに紹介された折り、あなたのおかげで戦後の俳句はよくなってきました、と改まって礼を言われて恐縮したことがある。『第二芸術』については多くの反論をうけたが、今はほとんど忘れてしまって、虚子、三鬼両家のことしか思い出せない。まことに身勝手なものである。――詩と散文についての考慮が欠けていたことなど至らぬ点は間もなく思い至ったが、金子兜太氏のいわゆる『愚行』をいま自己批判する気にはならない。ともかく四分の一世紀、歴史は流れた。あのころの雰囲気は近藤芳美氏の文章に巧みに感覚されている。

『「第二芸術」論の一連の文章を二五年後の今読み返しながら、わたしはふとそのような日々の空の色を連想した。議論のいさぎよいまでの透明さのためである。それは戦後という、すべての澄みきった日本の歴史の短い一時期にだけ書かれ得たものなのだろうか』

私は、もって瞑すべし、という感動を禁じ得ず、大好きな句を思い出すのみである。『いかのぼり昨日の空のありどころ』（「いかのぼり」とは凧のこと。蕪村の句）」（一九七一年三月）

『全集解説』で作家の司馬遼太郎はこう言う。

「氏の『第二芸術』論、これを最初に読んだとき、自分が居るのはたしかに戦後だという、時間的な情感としてでなく、地理的知覚として地を叩くようにして示された記憶が、感動とともに残っている」


桑原武夫自身は俳句と短歌、俳人と歌人をよく読み、良きものは率直にこよなく愛していた人間だった。一部に「西洋かぶれの仏文学者」などという評言を聞くがとんでもない見当外れである。虚子の散文については賞賛を惜しまなかったし、しばしばその海外を含む長期の登山には『芭蕉句集』などを手放さなかった。しかし「芭蕉について」（一九四六年）などを読むと、当時のあまりに強烈な芭蕉「神格化」、無批判的賛美の傾向に向かっては、たとえば中国古典を引いて（この人の中国古典文献への造詣の深さには舌をまく。父君は著名な東洋史学者である）「芭蕉句のいくつかは明らかなひょうせつといってよい」とも厳しく批判的に触れている。かといって芭蕉を全否定するのではない。批判すべきは批判して継承すべきだと、その一見独断的、断定的な言い方だが、道理に沿って、根拠に基づき、論及している。実際、その文などを読むと、下手な「俳論家」よりははるかに芭蕉、蕪村や日本の俳諧、また中国古典詩などの知識、造詣は深く、批評眼も、たしかで安定的なものである。それには正直、敬服しないわけにいかない。

単に西洋文学者が思いつきの独断と偏見で「第二芸術―現代俳句について―」論をかいたのではないこと、あの時期に言わずにおれなかった桑原武夫の気持ちを、改めて知っておく必要もあろうかと思い、あえて長々と書いた。

同時に、あのような形での問題提起は、たしかにあの時期、あの時代だからこそできたし、大きな反響をよんだのであった。今日ではどう考えても、無理である。それほどあの時期、俳句は広範な「国民的」関心と重たい意味をもつものと考えられていたということであり、いまはそれとは大きく違った環境に、俳句は置かれているということだ。この論文が歴史的な所以でもある。

だが、あの時代の、桑原武夫の問題提起は、これからも常に俳句に問われ続け、つきまとう問題である。その危うさの中で、多くの俳人と俳句愛好者は日夜、この最短「十七文字詩型」と格闘しているのである。

だからこそ、いまも決して古くなっていない議論だと、私は思っている。

(15句は、1青畝　3草田男、4草城、5風生、7井泉水、9蛇笏、10たかし、11亜浪、13虚子、15秋櫻子)

和歌（短歌）を読む
――西行、一休、橘曙覧、土岐善麿、釋超空（折口信夫）、窪田空穂

和歌は全く門外漢である。俳句と同じで教科書風に読んできた、まるで素人の読み手としか言いようがない。しかし読むのは好きである。

古いものは主なものは読んだ。万葉は中西進の全注釈、茂吉の『万葉秀歌』などに目を通した。啄木、茂吉、釋迢空、窪田空穂、坪野哲久などは、時々に強い共感を感じたものだった。その言葉の雄渾と繊細に惹かれた。俳句よりは読んだ。

歌人は同時に文学研究者が少なくない。折口信夫は全集のかなりを読んだ。空穂もとても共感しながら読んだ。大岡信の歌論等は、よく身にひきつけてものを云うから、興味深く読んできた。

茂吉については塚本邦雄の「秀歌」も読んだ。しかしやはり茂吉について、読んで安心し、歌についても大きな共感と説得力があるのは次男、北杜夫の一連の茂吉論である。

しかし私など素人は、とくに現代短歌については、あれこれの詳しい、研究的な解釈、鑑賞よりも、やはりそのものを、声を出し、あるいは気持ちの中で朗読したほうがよほどよい。余計な解釈は煩わしい。ごく短い注釈さえあればよい。

高校時代ちと詩吟をやったことがあるから、恥ずかしげもなく、よく啄木の有名な歌を、朗詠したものだった。節回しはいつも「鞭声粛粛」であるから他愛のないものである。しかし気分がスカッとしたもの

だ。今は声が続かない。

朗吟は、啄木に限る。茂吉はじめいくら大家でも、朗吟は啄木にかなわない。啄木の歌はそもそも朗吟に向く。つまり心をこめて詠じて、ますますその歌の良さが、分かる。侘しさもカラッとしている。涙もすぐかわく。先が開けてくるような気持ちになる、そして生きている時代を考える。啄木がいかに天才であるかは、朗詠してみるとよくよく分かる。

さて、その啄木は、あまりにも有名だからここで取り上げない。むしろ、啄木と違って、とても朗詠にはむかない、それを朗詠したら、確実に御詠歌になりそうな歌ばかりを取り上げる。これらは目で読んで感じるものである。ほんとかいなと思うひとがいれば、試しにひとつでも自分で節を付けて朗じてみてもらいたい。なんだか、自分自身が無性に情けなくさびしく思えてくることだろう。

むかしから現代まで、いまも生きている和歌が無数にある。知らないだけである。

私が以下に紹介するのはわずか六人である。別に理由はない。孫引き的に書いたのは一休（道歌というべきか）と橘曙覧《たちばなあけみ》で、『山家集』も土岐善麿、釋超空（折口信夫）、窪田空穂《くぼたうつぼ》も一応は歌集を久しぶりに読み返して（めくってという方が正しい）印象にのこったもののいくつか書きとめたものである。

さて、まえおきはこれくらいにして、以下の和歌、短歌をまず声をだして読んでほしい。分かりやすいものである。なんの解釈もいらないと思う歌ばかりである。実は年寄り向きばかりなのかもしれない。

西行『山家集』七首（一一一八～一一九〇）

かかる世に影もかわらず澄む月をみる我が身さえ恨めしきかな

かくてのみ在りてはかなき世の中を憂しとや云わむ哀れとや云わむ
浅ましやいかなるゆえのむくいにてかかることしもある世なるらむ
なきひともあるを思うに世の中はねぶりのうちの夢とこそ知れ
なにごとも昔をきけばなさけありて故あるさまにしのばるるかな
世をすつるひとはまことにすつるかは捨てぬひとこそ捨つるなりけり
まどいきてさとりうべくもなかりつる心を知るは心なりけり

『山家集』をめくりいま私の気分に乗ってくる歌は実はこんなものであり、西行（一一一八〜一一九〇）というおよそ九百年前の歌人の感情がいまとはまったく変わらないということへの驚きというか確信というか、あるいは希望であるかも知れない感覚である。たぶん歌人、また専門家からみれば西行のなかでは変哲もない歌なのかも知れないが、ここになびく正直な私の感情はどうしようもない。なんの説明も不要、ただ声をだして読むばかりである。

一休道歌　三首（一三九四〜一四八一）

世の中はくうて糞してねて起きてさてその後は死ぬるばかりよ
本来もなきいにしえの我ならば死にゆく方に何も彼もなし
元の身は元のところへかえるべしいらぬ仏をたのびばしすな

橘《たちばな》　曙覧《あけみ》　五首（一八一二〜一八六八）

たのしみは心にうかぶはかなごと思いつづけて煙草すうとき
たのしみはそぞろ読みゆく書のなかに我とひとしき人を見しとき
たのしみはいやなる人の来たりしが長くも居らで帰りけるとき
たのしみは門売りありく魚買いて煮る鍋の香を鼻に嗅ぐとき
歌よみて遊ぶ外なしわれはただ天にありとも地にありとも

曙覧の和歌はほかのものも、実に気持ちよく、素直に表現していて、いちいちにうなずくばかりのものが多い。江戸末期の特筆すべき歌人だろう。

釋《しゃく》　超空《ちょうくう》（折口信夫）　八首（一八八七〜一九五三）

葛《くず》の花踏みしだかれて、色あたらし。この山道を行きし人あり
人も馬も道ゆきつかれ死にけり。旅寝かさなるほどのかそけさ
ほがらなる心の人にあひにけり。うやうやしさの息をつきたり
たたかひに果てにし子ゆえ身に沁みてことしの桜あわれ散りゆく
無力なる政事《まつりごと》びとらも、我がごとく粉にむせびつつまつりごつらんか
古き代《よ》の恋ひ人どものなげき歌訓《よ》み釈《と》きながら老いに到れり
人間を深く愛する神ありてもしもの言わば、われの如けむ

かくばかりさびしきことを思いいし我の一世《ひとよ》はすぎゆかむとす

土岐善麿《ときぜんまろ》　八首（一八八五〜一九八〇）

土岐は啄木の親友だった。啄木死後二年の歌。

石川はえらかつたな、とおちつけば、しみじみとしておもうなり

幸徳事件後に次の歌がある。

日本に住み、日本の国のことばもて言うは危うし、わが思う事。

歌の基調は生涯変わらなかった。

なれの父のこの臆病に似るなかれ、このあきらめをまねることなかれ。

遺棄死体数百といい数千といういのちをふたつもちしものなし

かくてなほ正しきものの生きゆかむすべなき国はほろび去るべし

とかくして不平なくなる弱さをばひそかに怖《おそ》る秋のちまたに

怒るべきことにいからずおどろかぬおほらかさをばいきどほるのみ

七〇年われは生きたりひきがえるよいくつになりてここに住まふや

もし啄木が土岐と同じように生きていればどんな歌を歌ったか、啄木の偉大さは文学史上まことに稀有というしかない。いま大リーグで大谷翔平の活躍が大きな話題で、アメリカでも彼を「異星人」「同じ人類と思えない」の声があるというが、啄木の天才も似たようなスケールだったと思う。いま読んで、だれが百年前の歌人とかんじるだろう。西行も、それと同じような天才だったと、つくづく思う。

窪田空穂　八首（一八七七〜一九六七）

冬空の澄み極まりし青きより現れいでて雪の散り来る

生きの身のもつ欲望のおのずからうすれ去りてはこころの安き

よきものぞ七十代はといひし師のこころうべなう今にいたりて

命ひとつ身にとどまりて天地《あめつち》のひろくさびしき中にし息す

除夜の鐘ききける我は九十をば一つ超えたる翁となりぬ

わが吐けるシガーのけむり光帯び新しき年周辺にあり

無能なるわがごとき者も棄《す》てたまはぬ神いますなり畏《かしこ》しとせむ

四月七日午後の日広くまぶしかりゆれゆく如くゆれ来る如し

（臨終の四日前の辞世歌、九三歳）

窪《くぼ》田《た》空《うつ》穂《ぼ》を読む

『窪田空穂全集　第一〇巻・古典文学論』は読んでいて興味がつきない。思わずいくつもの付箋をつけて、そのうち引用したく思っている、のだが、いざ引用となると膨大なもので、とても無理である。しかし、この本から私は和泉式部の人間について、あの時代のもっとも女性的な「おんな・式部」について、なにより歌人としての力量について、読みながら胸が高まったほどだった。知らなかったのである。今頃になって、こんなことを知ったのである。

ということが、例えば、古今集の意義、紀貫之の役割、藤原俊成という人となり、西行の放浪の意味、実朝『金槐集』の背景など、初めて知る。

さらに「近世和歌論」では江戸時代の、有名ではない優れた歌人、歌学者を知り、知ってはいたがあらためて香川景樹や橘曙覧の生涯と歌の意味について、しみじみとした感慨に打たれるのである。それもこれも、これら「日本の詩歌の歴史」の内容を深く極めた上に、その実感をそのままに文章に書くことのできる窪田空穂という人物であったればこそ可能なことであった。

『全集第九巻』は「古典文学論1」であるが、それは、次の目次をみるだけでも、空穂の言いたかったことが分かるように思えてくる。

「1、万葉論」―短歌における一般性と特殊性との関係―年齢の推移と好尚の推移―柿本人麿の長歌について―山上憶良―山部赤人の歌―大伴家持―万葉集の傑出せる女流歌人―防人等の歌へる歌―など」

「2、平安散文論」―小話集としての伊勢物語―源氏物語概要―紫式部の生涯とその芸術―源氏物語の作家的態度と手法―源氏物語の作意の中心をなすもの―光源氏―源氏物語の優れた一巻（「夕顔の巻」）―夕顔の死の因縁―源氏物語と幽玄―枕草子と清少納言―など」。

「3、奈良朝及び平安朝文学講話」。

こんな「偉業」は空穂以外に誰もなしとげてはいない。折口信夫は折口なりの民俗学的関心と蘊蓄をもって同じような山脈を歩いたが、空穂が叙事詩的で淡白とすれば、折口は、よりねばっこく、情動的であるように、私には思える。

折口信夫ほどに窪田空穂は有名ではない。なぜか分からないが、空穂は人間のその人柄として自身極めて控えめな、目立ちたくない性質であったせいもある。折口のような群れをなす信奉者もおらず、作らなかった。大岡信の言うように、窪田空穂はいまよりもっと高く広く評価されてよい歌人、歌学者、文学者、文学史家なのである。

系譜の一断面——私の場合

かわにし雄策くんへ

ところで今日はヒマなので、二つばかりハナシをしておく。別に自慢ではない。「オブローモフ的」とあの当時に言ったあなたもすごいが、実はずっと私はそのことがひっかかっていて、いろんな巡り会わせから、面倒なことだが、自分の系譜を調べてみたことがある。いまも本籍は青森県西津軽郡黒石町大字境松字松本（今は黒石市）にあるから、いくらか事情を書いて関連する戸籍と資料を送ってくれと頼んだら、なんと戸籍は明治の初めから、また黒石市史編纂室から古文書と数十ページもの資料が送られてきて驚いた。全文はとても読めなかったが、それをたよりにまたあれこれ辿ったり訊いたりした。フムと、うなったことでもある。あなたの直感は何かを言い当てていたような気になったものなのだ。実際に私の関わりはそれにかなり近接している。いろんな関係の中を人間は生きているものだという、身近なハナシ。そのほんの一例。

曽祖父は弘前、津軽家の陣屋藩家老職「鈴木帯刀《たてわき》」。その孫が私の父方の祖父謙次郎。元は地侍、郷士の出で姓を地域の「竹鼻」（今もある地名）と言った。享保年間に熊野からの神官が全国行脚、当時「稲架」に使う木を「聖木《すずき》」と言ったが、それから「鈴木」という姓を全国に広めた。「竹鼻」も流行に乗って姓を改め「鈴木兵庫介重興」とした。

家老・帯刀は、江戸末期石高八〇石の貧乏家老であったが、識見、人間性により信頼が厚く、難局の時期、よくぞ藩を持ちこたえた。

ある時期に叔父と従兄弟がその身内だと言って黒石に行ったときは、住民は大歓迎してくれて、藩に功績ある家老の子孫として、二人は「藩公まつり」の長い行列の先頭に立たされたとのことだった。

黒石は自由民権運動も盛んで進取の気風のつよいところだった。天下国家に貢献したい思いが強かったらしく、祖父謙次郎は上京して明治天皇と縁の深い「華頂宮家」の養育担当の一員となる。兄の竹涛は勝海舟の筆頭秘書になった。しかし二七歳で夭折した。私の練馬の伯母は言っていたものだ。「昭憲皇太后とはよく『おもうさま』『おたあさま』言葉でお話ししてお遊びしていたものよ」と。多分、華頂宮博忠（一九〇二年〜一九二四年）の時代だろう。家もその屋敷の一角にあったとのこと。

ところがあの当時よくあった「連帯保証人」とかで、祖父はある日一夜にして破産し家族は離散、破滅状態に陥った。それからの一家は結核系譜だから四人が次々に死に、残ったのは私の父など五人。謙次郎は福島安積中学教師やいわき鉱山などで働く。破産がなければその後何がどうなっていたのだろうか。

私の父・馨はいまでもどうなっていたのかよくわからぬほどに小学校を転々としている。豊島師範付属小（ここでは蹴球をやった）、千駄ヶ谷小（このときに明治神宮造園工事中の馬車列をみたという）、いわきの赤井小、そして関東大震災のときは青森の師範付属小学校にいたらしい。父はその後は苦労して衆議院の給仕となり、鳩山一郎や尾崎愕堂などから「オーイ、ボーイくん」などと呼ばれて、身近に接し、一六歳で東京簡保に入った。そこで卓球選手として後の、日本卓球全盛時代の代表監督・長谷川喜代太郎などと組んで活躍した。高松に来たときは私も荻村伊知郎選手に紹介されたものだった。ついでに言えば、南海ホークスの一時期監督をやった笠原和夫氏は、中野の伯母の親類で、高松球場にきたときは、ダッグアウトに親父に連れられていった。

「黒石鈴木」の代々の風貌は彫りの深い細面で、いくらか貴族的なものだ。父の三〇歳ころの袴姿の写真がいまも手元にあるが、よく出る石川啄木の風貌をもっと上品にしたような、実に颯爽としたものである。私の亡くなった伯父の息子（早稲田政経出で東京タイムズ記者だった）などもほれぼれとするほどの好男子で、上原謙をはるかに知的にしたような人だった。眉目秀麗とはこういう容貌をいうのかと後々まで思っていた。私はといえば富士宮の母親の容貌を受け継ぎ、血統を異にすることとなったが、これだけはいかんともしがたい。亡くなった私の弟の高校時代などは水も滴るいい男で、私の娘たちがガックリと嘆いていたものだ。

私の父の弟は勝《つよし》。旧青山師範を出て中学校教師となったが結核で房総の療養所に入院した。そこで出会ったのが伯爵・伏屋家のお嬢様、八重子さんであった。

実は八重子さんの父親は伏屋武龍《たける》といって、昔の「都新聞」（いまの東京新聞）記者からのちに社長になった人物である。かれは記者時代に岡本かのこと同棲していた。かのこはその後に一平と結婚し岡本太郎が生まれるが、これは公式の文献には載らないが、知る人ぞ知る、太郎は武龍の息子なのである。かのこの、一平と結婚してからの年月からも推測のつくことで昭和三五年ころ『週刊朝日』にスクープとして、武龍最後の遺言みたいな告白として掲載された。かのこは一切語っていない。太郎はそのとき「いろいろあろうが私は岡本一平の息子として育ったし一平の息子と思っている。会う気はない」と言って、事実は否定しなかった。当たり前だ。自分のタネは分からない。のちに人相を調べた人によれば、太郎は武龍に実にそっくりだと驚いたという話もある。その人がこんどは一平の側を調べたら、これもよく似ていたというのだから、血統とはすなわちかなりの闇であると言える。おのおのが今の存在をあり難く考えて、生きるしかあるまい。

瀬戸内寂聴は、当時は肯定的で、あるときのテレビの身の上相談などでは、そいう相談に対して笑いながら明快に「そんなこと、分かるわけ無いでしょ、ほっときなさい」などと答えていたものだが、こと、かのこについては、『かのこ繚乱』で、真っ向から「武龍の末期の売名行為」だと強い言葉で非難し、逆のことを言っている。このあたりは彼女の信用ならないところだ。

勝《つよし》叔父も妻八重子さんも、息子・穰君（高校から渡米し今はカリフォルニアで神学教授）も、岡本太郎は「八重子の腹違いの兄」と思って怪しまない。つまり私からみると岡本太郎は血縁はないが義理の叔父にあたるわけである。

勝叔父は八重子さんの影響でキリスト教の布教のため昭和二四年に軽井沢の中心地に居を構えた。しばしば浅間噴火の火山石がばらばらと飛んで屋根に降ってきたことを話していた。熱心な布教活動は軽井沢を中心にかなり知れ渡っていた。八重子さんは長くラジオで聖書講読をやっていた。叔父は昭和四〇年、いま読んでも格調の高い「軽井沢町民憲章」を起案し書を書いた。それによって名誉町民にもなった。書家としての筆名は「静渓」で、キリスト教関係の関連物をおいてある店の聖書の版木の多くは叔父・静渓の作品である。

いまも軽井沢町役場の正面入口に目立たないがその「憲章」の石碑がある。叔父も叔母もこの数年前九〇歳を過ぎるまで生きた。親戚の少ない家族だったからいずれの葬儀にも私は遺族側で出席し遺骨焼却までつきあった。キリスト教の葬儀は、それこそ信仰あついご婦人たちの心をこめた明るい賛美歌に包まれた。そこで穰くんが、いくらかたどたどしくなった日本語で三〇分くらいの「聖書講義」を行った。（「血統」ということを考えていて、こういうこともあるのだと感じたのは、穰くんは、八重子叔母の四七歳のときの初めての子供だった。渡米しアメリカ人と結婚した穰くんもまた、奥さんが四七歳のときに三番目の初めての男の子を授かった）

まぁー読み流してくれ。ネットで岡本太郎の出生について興味あれば開いてみてもいい。

要するに、私はこんなことを他人に話したこともない。あなたが初めてだ。というのもやはり、オブローモフにつながる。己の血筋に貴族はいないが、実際的には何の統治の実力もないのにどこかで天下国家を論じ、それをどこかで思うように動かせるのではないのかと考える為政者意識というようなものが、やはり私の中にはある。昔からあった。

「士族廃止令」で身分が「平民」となったことを、父はのちのちまで「悔しかった」と言っていた。私には共感はない。それはやはりロシア的に言えばオブローモフ的と言えるわけで、そういうことを私の影の薄い人間の中に直感していたとすれば、あなたは大した慧眼の持ち主である、ということ。

あなたのような句歴長い達人にかかると、わたしの句は素人の呟き川柳みたいなもので恥ずかしい限り。あの昔のあなたの句は、覚えてはいないが、私にとって驚くほどに新鮮な感覚と知性に研ぎ澄まされ、さっそうとしていたような記憶がある。一層の活躍を期待している。また、こんなくだくだ長い話でなくハガキ一枚におさまる話をおくるかもしれない。今日はここまで。ではまた。

〔二〇一三年某日〕

付録

〈投稿〉人類史の転換点に「歴史」の目を

『季論21・春号』の宮地正人氏と吉見義明氏の対談「歴史事実と歴史認識」を5月初めに読んだ私は、これを「新型コロナウイルス」との闘いを歴史学的にいかにとらえるかの問題意識と重ねて読まないわけにいかなかった。

ウイルス感染症拡大の規模の世界性は人類史上未曽有の分岐点における難局であって、その「歴史的事実」の膨大な資料、生きた証言にもとづく分析と研究は、「コロナ」以降の社会・政治・経済のありかたの根本にかかわってくると思われる。これがいわゆるグローバリゼーション、「現代文明の発展」の「所産」であることは明らかだからである。さらにその全世界の対応のうちに、今日のすべての問題が浮き彫りになっており、その惨状は日々数字となり、映像となり目の背けようもなく世界の人々の前に示されている。

私たちはこの「人類史」の「転換点」の「目撃者」として生きているのであり、後世の歴史への特別に強い責任が求められていると言わねばならない。これほど豊富な事実的資料と証言と映像があるということは、かつてなかった「歴史検証の素材」が日々提供されつつあるということである。両氏の歴史方法論は世界を根底から揺さぶる「歴史としてのコロナ」を巡っても充分に教訓的であると思いながら読んだ。続編が期待される。

関連して言えば日野秀逸氏の『経済社会と医師たちの交差』(二〇一七年・本の泉社)はいま示唆に富む好

著で「マルクス、エンゲルスが関わった医師・医療関係者は271人に上る」ことを初めてあきらかにし、「マルクス理論」がいかに医学（当時の感染症を含む）が解明した学説、医学上の統計資料に多くを拠っているかを示している。エンゲルスの『イギリスにおける労働者階級の状態』の今日的な意義はいうまでもない。

「マルクス理論」がなお生きて現代世界をリードする学説であるためには、この「コロナ問題」が引き起こした人類規模の社会、政治、経済的な動向分析と、そこから展望されるあたらしい「世界像」と「人類の未来」を打ち出しうるかどうかにかかっているだろう。「マルクスの一言一句とその解釈」が世界と日本の「未来」を左右するのではない。マルクスをも導きとしつつ、今日の「新型コロナウイルス」との闘いと帰趨を見据え、そこから世界と日本の、新しい壮大な「人間と自然との共生社会」実現への道筋を示す理論として打ち立てることが、いまほど切実に求められているときはないと痛感する。

（「季論21」二〇二〇年夏号）

エンゲルス『イギリスにおける労働者階級の状態』を読む

『イギリスにおける労働者階級の状態』（一八四五年刊）は全集第二巻で二七〇ページになる大部の本だが、かつて流し読みしたのとは違って、今回は丁寧に読んだ。ほとんど全ての「労働者階級の状態」が、極めて「今日的」であることに、さまざまな感慨を持った。つまり「資本主義的文明社会」は、遡って、「資本主義台頭期・産業革命期」に急激に回帰してきている実感。かつての「自由主義」は「新自由主義」と装いをかえて蔓延している。主張はまったく同じである。それへの抵抗の力は、「労働者個人」も「階級」としても、ますます低下し後退しているように思える。

いま、何を考えるべきかを考えて見なければならない。

もう一七〇年前のことなのだが、いま目の前で世界規模で日々生起していることのようであり、あの当時は、それは「資本の本源的蓄積」のレベルで考えられていたのだが、さて、この「グローバリゼーション」の席巻する世界で、世界の貧困層に起きている問題をなんというべきであろうか。エンゲルスは自ら「産業革命社会」「資本主義興隆期」のイギリス各地に工場現場、労働者のスラム街などをじかに訪問し調査し、多彩な「資料」を駆使して、生々しく今日的な問題をあからさまに描き、分析した。いま読んでも迫真のドキュメントであり、すでに「社会的殺人」ということばを使っている。

かれの「信念」と「立脚点」は「序文」の有名な次のことばにあった。

「労働者階級の状態は、現代のあらゆる社会運動の実際の土台であり、出発点である。なぜなら、それは、われわれのあいだに現存する社会的困窮の最高の、もっとも露骨な頂点だからである。この労働者階級の状態から、フランスとドイツの労働者の共産主義は直接にうみ出され、フーリエ主義とイギリスの社会主義およびドイツの教養あるブルジョアジーの共産主義は、間接に生み出されたのである」

いちいち引用しないが、この本の「労働者の状態」のリアルな深刻さはすさまじいものだ。いまは目に見えない、つまり覆い隠され「報道」されないだけで、世界には驚くべき貧困の実態が労働現場に、あらゆる地域に広がり、深まり続けている。アメリカのハーレム、ブラジルのファベーラ、アフリカ各地、難民キャンプなどなど、こんにちも似たようなものだ。格差は信じがたいまでに拡大し続けている。

一つだけエンゲルスの口調を引けば、こういうくだりがある。

「この『単一不可分の』人類の家族の一員として、ことばのもっとも強い意味での『人間』として、このようなものとして、私および大陸の多くの人たちは、あらゆる方面における諸君の進歩を歓迎し、諸君が迅速に成功をおさめることを希望する――」

このエンゲルスの情熱を、いまさらに、多くの人々が持つならば、世界の、これから何年間かの「パンデミックの時代」を総括して、そこから、来るべき社会の「壮大な、誰にも明らかな展望」を切り開くことは不可能ではなく、避けて通ることのできない「人間的使命」と自覚されてゆくことだろう。「未来」と「未来の人間」を信じるしかないということだ――「言葉のもっとも強い意味での『人間』として」

〈書評〉鈴木謙次著『メールで交わした三・一一――言葉は記憶になって明日へ――』

日野秀逸（東北大学名誉教授、社会保障論、協同組合論）

本書は、鈴木謙次と佐々木透という二人の、古希を前にした「普通のおじさん」（鈴木、七頁）が、「三・一一」に関わって交わした往復メールである。鈴木謙次氏は一九四三年生まれ、香川県で育ち、東北大学に入学、四五歳まで宮城県で仕事をし、現在はさいたま市在住。佐々木透氏は一九四四年生まれ、宮城県で育ち仕事をしてきた。二人は青年運動を通じて知り合い、それから「三・一一」まで、四十数年の交流を続けていた。

「記録」から「記憶」へ

佐々木氏は「三・一一」が「我々に『証言者』の役割と責任を授けてくれたわけだ」（二〇頁）と書き、鈴木氏は本書を「『普通のおじさん』の小さな、いわば生活の記録である」（七頁）と語っている。「証言」

といい「記録」と言っても、日々生起することを書きとどめる、というレベルではない。鈴木氏は『精神現象学』のノートの形で「この大震災をやがて『忘れ』『風化』させるのではなく、この現状を精神に焼き付け記憶し、後々の世代に語り続けること、のちの世代がその上に立って、より『高く深い認識の段階』から出発できるようにすること」（六七頁）と書いている。この意味で、「記録」から「記憶」へと発展するのである。「三・一一」の「記録」が、二人の交流を触媒として化学反応を起こし、「記憶」へと昇華した。そこに本書の独自の意義がある。

何を記憶するのか

「三・一一」を自分のこととして記憶するならば、何を記憶の対象にするかが問題になる。二人は、「三・一一」が「地球の振動」（鈴木、六頁）から発生したのであれば、地球の形成（宇宙論・地球学―物理学）、日本列島の形成（考古学）、日本人の形成（考古学・歴史学）、日本人の思想的基盤の理解（日本思想史）、道教を含む各種中国思想の日本における受容の理解（宗教学・道教学）も射程に入れた知的営みが必要だ、と考えた。また、「3・11」をもたらした現代日本の中央集権的政治・経済の環境破壊や「地方・地域」の喪失も「記憶」の対象とした。「環境学」や「ローカリゼーション・地域主義」という課題を考えることも、記憶の対象だと考えたのである。「三・一一」の主体的な記憶を残すために、これらの課題を真剣に探求したのが本書である。

共同の「記憶」する作業

記憶の作業は、鈴木氏が起点になった。鈴木氏が「読書ノート」の形で、佐々木氏に提示し、佐々木氏がそれに応える。そして討論。その理由は、佐々木氏が、津波の被害が甚大だった石巻市と東松島市で、自らの暮らしを守ること、福祉施設の運営の責任者としての役割を果たすこと、この施設を生存と生活の基盤として頼る被災者の生命と健康を守る仕事、これらに全力をあげたからである。もう一つは、佐々木氏の蔵書が全て津波で流失したからである。鈴木氏が、被災地にいる佐々木氏に代わって「読む」。そして「書く」。佐々木氏もノートを読み、自らの思考を展開する。

原点は憲法

この本は、私的なメール交換であり、論点が多岐にわたり、二人の感情も自然に吐露され、一読したところ、「復興の方向」が不明確な印象を与えかねない。しかし、二人は明確に日本国憲法に基づく復興を主張している。鈴木氏は「いま被災地の現場の声として『いまこそ憲法を真に生かし実効性あるものとして各条項を発動し被災者に希望を』の草の根の声をあげよう。被災地の合意で痛切な憲法条項をかかげて発信することを期待する。透ちゃんたちが感じているいまを起点にしてやってみれないか。『憲法の理念と力で復興を！』の声をじわりとひろげてほしい」（73―74頁）と書いている。

佐々木氏は、「家族を失い、職を失い行き先真っ暗な被災者がまずは生きていける仕掛け『憲法第二五条　すべて国民は、健康で文化的な最低限度の生活を営む権利を有する。国は、すべての生活部面について、社会福祉、社会保障及び公衆衛生の向上及び増進に努めなければならない』を力にしていかなければならないと思う」（二一九―二二〇頁）と実感を伴う憲法・生存権重視を表明している。

最終部分に収められている、鈴木氏のエッセイ集には、右傾化が著しい日本の現実を、憲法に基づいて鋭く批判し、憲法を死守する自らの立場を鮮明にした文章が多く収められている。鈴木氏は、海外から見た日本のよさの基本は「日本が世界でも稀有のこととして戦後七〇年間『戦争をしない国』『国家としてひとを殺さず殺されぬ国』であり続けたことにある。そこに世界は共感し敬意を表し魅力を感じてきたのだ。血塗られた手で『おもてなし』はできない。それが『憲法第九条』だ。あのとき彼ら学徒の託した未来を直接引き継いで生きてきたものとして、いのちをかけても譲れぬものがある。もう挫折はない」（三五八―三五九頁）と、「戦闘的に」憲法・九条を守りぬく決意を表明している。

個性的な独自の「三．一一」論

本書は、「三・一一」の被害と正面から取り組む人間と、「三・一一」を記憶することが自らにできる支援だと自覚する人間の、貴重な魂の交流と真剣な思索を示す、個性的な独自の「三・一一」論である。

〔『季論21』二〇一七年一〇月号　著書は二〇一七年、本の泉社刊〕

あとがき

私は、俳句の愛好者であると同時に、この時代を生きている社会人である。しかも、かなり高齢の人間として、ここでは、最低限の私の意見を書いておきたい。

コロナウィルスとは別の政治的・社会的なウィルスが激しい勢いでこの国に蔓延し、社会を根底から根こそぎの感染症におとしいれようとしているかに見える。いまの政治と社会の風景について、象徴的な二つのことだけを書いておく。

一つは、いわゆる「防衛力」談義についてである。北朝鮮の核の脅威がけたたましく論ぜられ、ある時期には本気になって防空演習を実施したほどである。

しかし私がつねに異様に思っていることは、日本にはむき出し、野晒しの原子力発電所という紛れもない「核施設」が、これみよがしに、全土に三三基（運用中）あり、それは、福島を言うまでもなく、大それた兵器を使わずとも、一気に破壊しうるということである。敵は核兵器を使わずとも、「核発電所」の一〇地点でも破壊、爆発させれば、日本を核攻撃しただけの効果をあげることができる。そのとき日本国民はほとんど逃げ場を失うだろう。この問題を避け、放置して、一体何が防衛力というのか。敵基地攻撃能力が喧伝され、軍事予算は限りなく膨張しつつあるいま、防衛力というとき、私たちはこの問題を肝に銘じておく必要がある。

もう一つのこと。「日本ジャーナリスト会議」（ＪＣＪ）という歴史と伝統のある組織がある。日本のジャーナリズムにとって、ここで評価、顕彰されることは極めて名誉なことである。歴史的にも真のジャーナリズムの名に値する報道機関が賞を受けてきた。その最高賞が「ＪＣＪ賞」「ＪＣＪ大賞」である。いままでも印象的な数々のスクープが受賞してきた。

二〇二〇年、この大賞を「桜を見る会問題」で受賞したのは日本共産党機関紙「しんぶん赤旗」日曜版であった。さらに今年は、日刊「しんぶん赤旗」が「学術会議会員任命拒否問題」で「ＪＣＪ賞」を受賞した。このことが重大なのは、有力大手新聞社と比較すれば、まるで弱小な、しかも一政党機関紙が、日本を代表するジャーナリズムの最高の栄誉を二年続けて受けたことである。

いまや日本のジャーナリズムは深刻な岐路に立たされている。問われているのは権力に立ち向かう毅然とした姿勢と勇気の問題である。そして、そのことは、すなわち、日本の政治、社会万般がすでに重大な危機の局面に入っていることをも意味している。

誠実、正直に曇りなく政治と社会を見ようとする人々は、この十余年、眼前に繰り広げられる光景に何度も耳を、目を疑ってきた。これは本当なのか、嘘なのか。やがて本当と嘘の区別があやふやになり、そのうち嘘が本当をひねりつぶして、白昼堂々と大手を振って闊歩するようになった。国会も、なにか別世界の異様な、嘘が飛び交い、正常な日本語とは別の言語空間の議論のように感じられてきた。真面目な人々は、自らが「狂わねば」事態が正視できないところに来ていることを思い知る。

大袈裟に言うのではない。いまこの国の隅々に狂気と異常が居座り、支配し始めている。大危機は足音を高めている。きしみは極限に至ろうとしている。

この時代認識こそ、あらゆる物書きにとって大前提であると私は考えている。ああ、これは蟻の嘆きにすぎないのか。蟻にとって人間の足が巨大な脅威であることと同じことなのか。

だが、にもかかわらず、私はこの極小の書物のなかで、このことを、蟻の大声の叫びのように、書き残しておく。

私たち、さきの大戦開戦前後から敗戦の八月一五日以前に生まれた、最後の戦中派は、あたらしい憲法を字面ではなく、それを生き生きと受けとめ新生の意気にもえた若い教師やおとなたちに教えられ、あらゆる不安から解放された親たちによって自由奔放に育てられた。

私たち七〇代八〇代の人間は、だから、いつまでも老いの自覚を持てないままに戦後七〇余年を生きてきた。歳だけはとったが歴史上もっとも「若々しい」稀有な存在であるとも言える。これは極めて特殊日本的現象である。日本の高齢者比率は世界最高である。だが、それこそが希望である。新しい平和憲法世代がなお生き生きと生きているからである。いまの日本は、老いた若者より若々しい老人たちによって支えられている。

私たちが生きている限り、戦後かちえた憲法とそのまぶしいほどの理念を手放すことはさせない。これは断言できる。私たちがより長生きすることこそ、まことに我が国の救国の道である。

世代を同じくするすべての友よ、生きている限り、われわれの言葉を語りつづけ、あらゆるゆがみと、それぞれの持ち場で正面から闘いつづけよう。

私がこの『七〇歳からの俳句と鑑賞』を出すのは、わたくしの、その思いを伝えたいためであった。

私たちの心のふかいところに、もはや血肉となってながれる「憲法の理念」があるかぎり、わたくしたちはいつまでも若々しくいられる。それを失えばたちまち急激に、わたくしたちも老い、また同時にこの国も老いてゆく。

私は二〇一七年に『メールで交わした三・一一──言葉は記憶になって明日へ──』（本の泉社）を出版した。それは、石巻で被災し、一切の蔵書を失った友人にむかって、私の日常生活と、暗闇のなかでただメールだけが頼りだった友人のために、私が読んでいた本の内容を書き送ったものだった。多くの反応が難解で読みきれなかったというものだった。その友人と同じように、まわりに一切の本がない、読めるのはこれしかないと思って読んでくれれば違ったかもしれないが、しかしそれは正直な感想だろうと思ってもいた。

そんななかで学生時代からの友人の、日野秀逸くんが書評を書いてくれた。それは、私が読んで、書き送った本への私の関心の行方を丹念に探り、それを一つの道筋あるものとして読み解いてくれるものだった。あの本の書評など、普通は書けないと思っていたから、著者の私自身が蒙をひらかれた思いがして、驚きまた心から感謝した。こんな読み方をしてくれる人物がいたのかと、私の方が学ばされた。書評に著者が驚くことがあるものだと、初めてわかった。

その印象はいまでも鮮明に覚えている。だからあえてその書評を本書にも収録させてもらった。あらためて日野くんには感謝とお礼を申し上げたい。

普通、句集ならば、連衆とでも言うべき仲間がいて、その人たちの協力も得て作られるべきものだろう。今回、誰にも相談しなかったのは、ただただ、誰にも、いささかの余計な負担もかけたくなかったからである。また、こんなレベルの内容であるから強い遠慮もあった。

本書では、佐々木透くん、かわにし雄策くん、飛鳥遊子さんのお名前をだしたが、島さくらさん、大西恵さんとやりとりしたメールも一部でそのまま使わせてもらった。心からの感謝を申し上げる。

また「鑑賞」のなかで紹介させていただいた「白」の、國分三徳さんはじめ作者のみなさんにも、あらためてお礼と感謝を申し上げる。ありがとうございました。

前回の本を出したときは、友人でもあった比留川洋さんが本の泉社の社長で大変お世話になった。しかし、比留川さんは翌二〇一八年、ある日突然のように亡くなった。それは比留川さんと日野くんと私と三人で会う約束をしていた、その直後だった。

その前の年の三月、久しぶりに大いに語り合い、地下鉄本郷三丁目の改札へ向かったとき、「ひるちゃん」は私に駆け寄りつよくハグしてきた。そのときのぬくもりの感触を私はいまでもありありと思い出す。いまごろ「ひるちゃん」はきっと、空の上で、あの優しい顔で、にこにこ笑っているかも知れない。あらためて心からのご冥福を祈る。

そのあとをうけて社長になった新舩海三郎さんには、前回同様、今回も大変お世話になった。文芸評論家でもある新舩さんの援助をうけたことは本当にありがたかった。厚くお礼を申し上げる。

本書が少しでもみなさんの何かの刺激になってくれることを願っている。

二〇二一年一一月　　翔人

聖木 翔人（すずき　しょうじん、本名＝鈴木謙次）

俳句集団「白」所属。1943年、東京・品川生まれ。香川県善通寺市、高松市に育ち、宮城県仙台市へ。上京後は埼玉県浦和市（現さいたま市）へ。

著書に『メールで交わした3・11』（2017年、本の泉社）。

住所：〒336-0021　埼玉県さいたま市南区別所3-13-22-303

七〇歳《さい》からの俳句《はいく》と鑑賞《かんしょう》

2021年12月４日　初版第１刷発行
著　者　　聖木 翔人
発行者　　新船 海三郎
発行所　　株式会社 本の泉社
〒113-0033 東京都文京区水道2-10-9　板倉ビル２Ｆ
TEL. 03-5810-1581　FAX. 03-5810-1582
印刷・製本　亜細亜印刷 株式会社
ＤＴＰ　　木椋 隆夫